異世界料理で
子育てしながらレベルアップ！
～ケモミミ幼児とのんびり冒険します～
2

桑原伶依

この作品はフィクションです。
実在の人物・団体・事件などに
一切関係ありません。

異世界料理で子育てしながらレベルアップ！ 2

～ケモミミ幼児とのんびり冒険します～

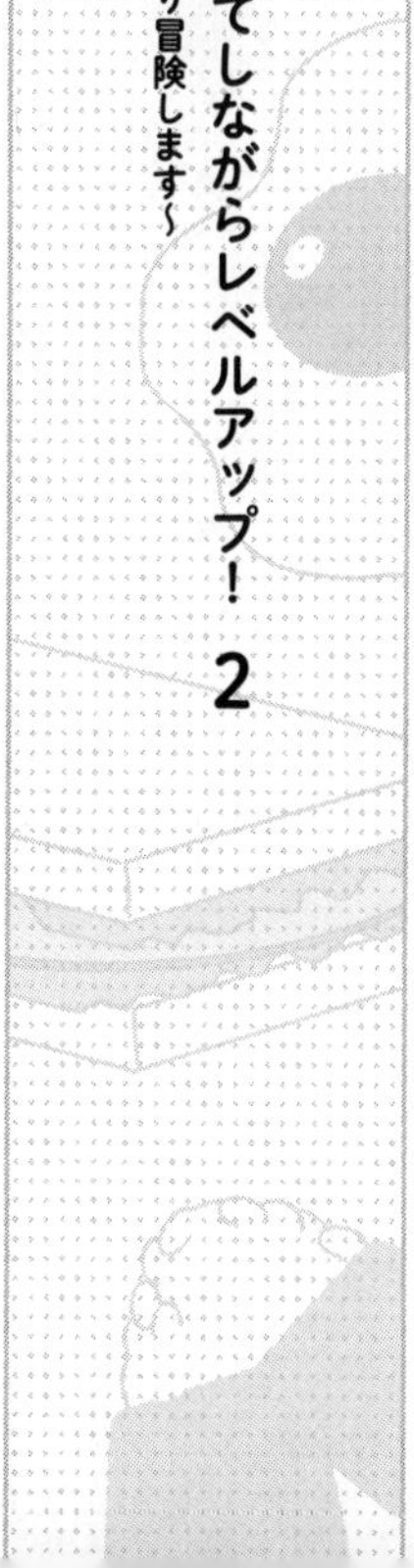

contents

異世界料理で子育てしながらレベルアップ！ 2

～ケモミミ幼児とのんびり冒険します～

プロローグ

俺がこの世界に召喚《しょうかん》されたのは、夏休みを直前に控えた時期。朝の通学時間帯に、四人の高校生たちとすれ違った瞬間だった。

俺たちを召喚したのはヘルディア王国。

異世界から召喚されし者は、神から特別な力を授かっている。

高校生たちは、勇者・賢者・聖盾騎士・聖女という最高クラスの職業だったが、俺の職業は『洋食屋見習い＋5』。

俺のステータス画面を見た宮廷魔導士長ベルコフは、忌々《いまいま》しげに吐き捨てた。

「こんな職業の召喚されし者は歴代初です！　しかも二十八歳にもなって【見習い】とは……ありえませんね！」

確かにあり得ない。今は両親が営む洋食屋の『経営者見習い』だが、俺は製菓専門学校と、フランス料理・イタリア料理マスターカレッジに通い、どちらもフランス校留学と本場フランスでの実地研修《スタージュ》を経験し、五年余り都内の有名フレンチレストランで修行している。料理も製菓も、コンテストで何度も優勝した。腕には自信があるんだ。

けれど俺のステータスは、高校生たちの十分の一から三十分の一以下。技術力に至ってはゼロだったから、「よほど不器用なのか、怠《なま》けてろくに技術を磨《みが》かなかったのか、どちらかでしょうね」なんて思いっきりバカにされたよ。

召喚に関わった者だけでなく、高校生たちも、俺のステータスを見て嘲笑《あざわら》う。

「十代であれば、魔物を斃《たお》してレベルを上げれば急成長しますが――二十八歳となると、どう頑張っても、ステータスはさほど上がらないでしょう。しかも、たいしたスキルも持っていませんね。【言語翻訳】と、【アイテムボックス】はレアスキルですが、召喚されし者は必ず持っていますし、アイテムボックスの容量は魔力量に依存します。あなたの魔力量程度のアイテムボックスなら、一般人でも持っていることがあるんですよ。それ以外は【料理】と【食材・料理鑑定】【調理補助】だけ。まったく戦力になりません。勇者様方が仰ったように、あなたは勇者召喚に巻き込まれたのかもしれませんね」

ベルコフは言いたい放題ディスってくれたが、俺は望んで異世界に来たんじゃない。もとの世界へ帰りたくても帰れないのに――謝るどころかバカにされたらさすがにキレる。

俺は勇者召喚に巻き込まれた慰謝料として金貨六十枚をせしめ、屋台広場で情報収集し、冒険者の服に着替えて隣国へ逃げることにした。

1. 森へ採取に行こう！

宿の客室でふと目を覚まし、苦い思いを噛みしめながら心の中で呟く。

（……嫌な夢見ちゃったな……）

九日前に城から逃げ出した俺――ニーノこと新野《にいの》友己《ゆうき》は、隣国との国境を成す大森林のそばにあるカナーン村まで強行軍で駅馬車を乗り継ぎ、馬車持ちのBランク冒険者パーティーを護衛に雇って、リファレス王国へ向かった。

その道中、深い森の危険区域で、魔物の群れに襲われている荷馬車に遭遇《そうぐう》したんだ。

加勢して魔物の群れを殲滅《せんめつ》したが、荷馬車の人員は全滅。被害者の身分証を検《あらた》めると、荷主は奴隷商人で、積み荷の中に攫《さら》われた獣人《じゅうじん》の子供たちが隠されていた。

犬人族《いぬびとぞく》の男の子はシヴァ。兎人族《とじんぞく》の男の子はラビ。猫人族《ねこびとぞく》の女の子はキャティ。

男の子たちは五歳、女の子はまだ三歳で、身元は判らなかった。

親元に帰せないなら、俺が親代わりとなって、子供たちを育てよう。

そう決めたのは、俺自身も突然異世界に召喚されて、孤独を感じていたからだ。

リファレス王国に着いてすぐ、俺は身分証を手に入れるため、冒険者登録した。

冒険者の保護者がいれば、幼児でも見習いとして冒険者登録できるからね。

十歳未満のGランク冒険者の主な仕事は、近隣の村や町での雑用だけど、保護者同伴なら、森での採取が許可されている。

だから、子供たちとパーティーを組んで、採取専門の冒険者として働くことにしたんだ。

翌日の朝五時から薬草採取の講習《みならい》を受け、昨日が初仕事だった。

今日も子供たちを連れて、森へ採取に行く予定だ。

九日間の出来事を振り返っていると、午前四時を知らせる教会の鐘が鳴った。

今日は熱波の月《テルミドール》九日――地球で言うと、七月の終わり頃。

夏の日の出は早いから、『放牧月《プレリアール》』『収穫月《メスイドール》』『熱波の月《テルミドール》』は、春秋シーズンより一時間早く朝一の鐘が鳴る。

ちなみにこの世界の新年は冬至《とうじ》で、一年は十二カ月。一カ月は三十日。一週間は六日。

一日二十四時間だから、天体の公転周期や暦が地球とはちょっと違う。

（本当に、ここは異世界なんだなぁ……）

もう、もとの世界には帰れない。家族にも友達にも二度と会えない。

切ないけど、この世界で生きていくしかないなら、楽しく笑って過ごさなきゃ！

俺は湿っぽい気持ちを奮い立たせ、子供たちを起こさないよう静かに身を起こす。

（亜空間厨房《あくうかんちゅうぼう》、オープン！）

心の中で唱えると、何もない空間に突然ドアが現れ、俺を中へと誘うように開いた。

亜空間厨房《ここ》は俺のアイテムボックスに付属している、人が出入り可能な空間だ。

俺のアイテムボックスは料理人用の特別仕様で、時間停止機能付きの【無限収納庫】、毎朝五時に起動する【召喚食品庫】【召喚冷蔵庫】【召喚水サーバー】【召喚店舗倉庫】、食材の解体・下処理ができる【フードプロセッサー】、廃棄物を処分できる【ゴミ箱】、【亜空間厨房】がセットになっている。

この世界での俺は、普通の料理人じゃない。

それが判ったのは、城を出た日の夜。職業『洋食屋見習い』についている『＋5』が気になって、ステータス画面上の文字をタップしたから。

展開された隠し文字は、製菓衛生士・菓子製造技能士・調理師・食品衛生責任者・ソムリエ――つまり、俺が元の世界で取得した料理関係の資格だ。

同様にして、【料理】スキルに、レベルMAX《マックス》の付与《ふよ》魔法・時空魔法・電磁魔法・光魔法・闇魔法・風魔法・火魔法・土魔法・水魔法・氷魔法が付属していると判った。

俺はレベルMAXの時空魔法スキルを持っているから、アイテムボックスが破格の性能で、普通は閲覧するだけのステータス画面に触ることもできたんだ。

異世界（地球）からの召喚食材で、俺が料理すると、自動的に魔法が付与される。

ヘルディア王城でステータスを開示したとき【技術力】がゼロだったのは、まだ魔法を付与した『異世界料理』を作ったことがなかったからだ。

異世界料理の種類が増えると、【技術力】が上がっていく。

異世界料理を食べると、誰でも一時的にステータスを底上げできるし。

経験値倍加やステータス育成効果がある料理を食べて、八時間程度の効果時間内に魔物を討伐《とうばつ》すれば、通常より早くレベルアップして、確実にステータスを上げられる。

おまけに、異世界料理を食べた人が獲得した経験値の半分が、俺にも入るんだ。

俺はリファレス王国へ向かう道中、ずっと護衛の冒険者パーティー『銀狼の牙』のメンバー四人に、三食おやつ付きで料理を振舞っていた。

魔法師ノアから魔法の使い方を習って、逃亡中に魔法で魔物と戦闘している。

見習い職は上位職の半分の経験値でレベルアップするから、現在レベル46。

運の基礎ステータスは『運アップ効果がある異世界料理』を百日間食べ続けないと上がらないけど、運以外の基礎ステータスは、初期値の十七倍から二十倍以上。最も上昇率の高い魔力は二十五倍を超えている。

最初は二畳のコンパクトキッチンだった亜空間厨房も、レベルが10上がるごとに広くなり、今では十畳のL型キッチンだ。

俺は亜空間厨房の入り口を解放したまま、中へ入って、魔道流し台で顔を洗う。

レベル40を超えてからは、大型ダブルシンクに替わって、各シンクにセンサー式の伸びるシャワー水栓と、センサー式の魔道ハンドソープディスペンサーが付いている。

手をかざすだけで、水魔法で余分な水分を吸収し、光魔法で殺菌しながら、回復魔法で肌に潤《うるお》いを与えてくれる『魔道タオル』も増えたよ！　異世界召喚特典の魔道具すごい！

まあ……顔を拭くのは普通のタオルだけどね。

朝の身支度を終えた俺は、まずスマホを取り出し、バッテリー残量を確認してから、カーゴパンツのポケットへ仕舞う。

不思議なことに、亜空間厨房内にスマホや充電器を持ち込むと、あっという間にフル充電されるんだ。無限収納庫で停止した時計の狂いも修正されるから、安心してスマホのアプリを使えるよ。

「さて。朝食の準備を始めるぞ！　まずはご飯を炊くか」

召喚庫が小さかった頃は、一日一キロの無洗米が召喚されるだけだったけど——今は日替わりでランダムに、毎日ブランド米が十キロ袋で複数召喚されている。

召喚水サーバーも、最初は三カ所の採水地から、軟水《なんすい》・硬水《こうすい》・炭酸水を十リットルずつだったけど、レベルアップしたお陰で、七カ所の採水地から五十リットルずつに増えた。

「今日は南魚沼産《みなみうおぬまさん》コシヒカリで、炊飯用の召喚水は、【霊峰《れいほう》富士の女神水《めがみすい》】にしよう」

富士山の水は、高濃度のバナジウムが溶け込んだ弱アルカリ性の超軟水で、ふっくらした甘みのある美味しいご飯が炊けるんだ。

霊峰富士の御祭神である木花開耶姫《このはなさくやひめ》と、バナジウムの由来となった、愛と美・豊穣《ほうじょう》・戦い・魔法・生と死を司《つかさど》る女神バナジスの加護があるから、付与効果も凄いよ！

レベルアップ時の基本ステータス成長促進。

効果時間内の全ステータス倍加と、獲得経験値倍加。

全属性魔法と神聖魔法の付与。対アンデッドの絶対防御と即死攻撃。

即死耐性。魅了・酩酊《めいてい》・泥酔《でいすい》・昏睡《こんすい》の耐性と回復。

水中移動能力上昇。溺水無効。

高温耐性。火傷《やけど》・熱傷《ねっしょう》の耐性と完全治癒再生。

空間認知と絶対方向感覚。

美容・健康増進効果や、子授《こさず》け・安産・女性を守護する効果もあるんだって。

食事のお供《とも》の麦茶も、今日は女神水のお湯出しだよ。昨夜冷やして収納済みだ。

七合炊きの炊飯ジャーにお米と水を入れ、炊飯スイッチを押すと音声が流れる。

『ご飯が炊けました』

亜空間厨房の魔道具は、フルオートか任意の指定で時空魔法が発動するから、瞬時にご飯が炊きあがり、蓋を開けない限り時間が進まない。

しかも、中味を空《から》にして保温スイッチを切ると、瞬時に洗浄・乾燥してくれるんだ。

汚れた鍋や食器も、魔道食洗器に入れるだけで、瞬時に洗浄・乾燥し、定位置の収納棚や無限収納庫に仕舞ってくれる。メンテナンスも一切不要の優れものだよ。

「朝のメイン料理は、縁起を担いで親子丼にするか」

親子丼は『金運アップの開運料理』で、具材の鶏肉・卵・玉ねぎは金運を生む縁起物。

玉ねぎを入れると甘みが増すし、健康運アップや魔除け厄《やく》除け効果も付与される。

彩に使う三つ葉は、縁を結んでくれる縁起物だ。

食材は【フードプロセッサー】でまとめて下処理し、各種カットしたものを無限収納庫に仕舞っているから、その都度切る必要はない。

鶏肉は保存袋に入れ、塩麹《しおこうじ》を入れてもみ、魔道冷蔵庫で一時間経過スイッチオン！

調味料は、本醸造醤油《ほんじょうぞうしょうゆ》、熟成《じゅくせい》本みりん、砂糖、鰹節《かつおぶし》と昆布《こんぶ》の合わせ出汁《だし》。

塩麹と醤油とみりんは発酵食品だから、魔力操作・魔力練度・魔力循環向上。魔法発動時間短縮。必要魔力量減少効果が付与される。

合わせ出汁は、夫婦和合の縁起物である『勝男武士《かつおぶし》』と、繁殖力が強い『子生婦《こんぶ》』のマリアージュで、具材に縁起物を使った数だけ【運】倍加が重複付与される。

鰹節に含まれる旨味《うまみ》成分のイノシン酸と、昆布に含まれるグルタミン酸も、合わせて使うと相乗効果で七倍以上旨味がアップするんだ。

出汁を取った召喚水は、【天《あめ》の真名井《まない》の御霊水】。シリカを含んだ弱アルカリ性の軟水で、穢《けが》れを祓《はら》い邪悪なものを防ぐ塞《さい》の神、財福と勝利の武神・毘沙門天《びしゃもんてん》、七難《しちなん》を滅《めっ》する火伏《ひぶせ》の神・秋葉三尺坊大権現《あきばさんしゃくぼうだいごんげん》の守護を受け、【運】二倍の効果が付与される。

砂糖と、糖質が多いご飯は、生命力・魔力・体力・回復力がアップするよ。

七柱の神様が宿るお米は、『一粒万倍』の金運と子宝運に恵まれる縁起物で、ご飯物の料理も、具材に縁起物を使った数だけ、【運】倍加が重複付与されるんだ。

盛りつけた親子丼を無限収納庫に仕舞ってから、付け合わせの料理も作っていく。

親子丼と同じ出汁を使った味噌汁は、ラビが好きな豆腐と、油揚げとシメジとワカメ。

「キャティが好きな魚料理もつけよう。今が旬のアジをホイル焼きにしようかな」

アジは小骨が多いけど、フードプロセッサーで捌《さば》けば、一瞬で骨を完全に取り除ける。

ナス・カボチャ・ヤングコーン・三色パプリカで、夏野菜の揚げびたしも作ろう。

揚げびたしのつゆも合わせ出汁。

キュウリの浅漬けも、塩昆布と鰹節を使うから、今日も【運】爆上がりだよ！

ちなみに初期は一つ口だった魔道コンロも、今はタイマー設定可能な四つ口・グリル付きに替わってるから、味噌汁と、魚料理と、揚げ物と、デザートの寒天《かんてん》を同時進行だ。

寒天を煮溶かす水は、技芸と財運の戦神・弁財天《べんざいてん》の加護を受けた【弁天池の延命水《えんめいすい》】。

これも【運】二倍効果が付与される有難い水で、毎日飲めば老いることなく、百日間飲み続けると一年寿命が延びるらしい。

調理を終えて火を止め、水で濡らした容器に寒天液を注いでいると、亜空間厨房の入口から、満面の笑みと、はにかむような笑みを浮かべた男の子たちが入ってきた。

「「おにぃちゃん、おはよ！」」

「おはよう、シヴァ。ラビ。もうすぐ朝ご飯ができるから、顔を洗って、キャティを起こしてあげて」

「「はーい！」」

二人はシンクの前に踏み台を移動させ、仲良く並んで顔を洗い、客室に戻っていく。

「あさだぞー、キャティ！　もうすぐごはんだって！」

「おきて。かお、あらおう」

「……うにゃ～。まだねむいにゃ～」

「おきなきゃ、おれがキャティのごはんもたべちゃうぞ！」

「にゃっ⁉　ダメにゃっっ‼」

キャティは寝るのが大好きで早起きが苦手だけど、眠気より食い気が勝るらしい。

面倒見がいいラビは、寝ぼけ眼《まなこ》でふにゃふにゃしているキャティの手を引き、シンクの前まで連れていく。

その隙に、シヴァは悪戯っぽい笑みを浮かべ、ちゃっかり抜け駆けしようとした。

「待って、シヴァ。みんな俺の隣がいいって言うから、ケンカしないよう、今日から俺が座る場所を決めることにしたんだ」

　俺はダイニングテーブルに、プレースマットを敷いていく。四枚すべて色違いで、唯一大人用の椅子を置いた俺の席にはグレーチェック。隣の席にブルーチェック。向かいの席にピンクチェック。斜向かいの席にグリーンチェック。

「シヴァがグリーン、ラビがブルー、キャティがピンクだよ。自分の敷き布がある席に座ってね」

「えーっ！　おれハズレのせきぃー!?」

「昨日はシヴァが俺の隣だったでしょ。毎日代わりばんこで席替えするんだよ」

「ちぇーっ。はやいものがちなら、おれが、おにいちゃんのとなりなのにー」

　シヴァは文句を言いながらも、割り振られた子供椅子の席に座った。

　顔を洗ったキャティとラビも席に着き、俺は食卓に料理を並べていく。

「ぅわんっ！　すっごく、いいにおい！」

「にゃーん！　おいししょーにゃにおいにゃん！」

「ぷぅ♪　ごはん、たのしみ♪」

　満面の笑みを浮かべた子供たちは、瞳をキラキラ輝かせ、鼻をヒクヒクさせながら、嬉しそうに耳を倒して思いっきり尻尾を振ったり、ピンと尻尾を立てたりしている。

「これは地鶏の肉と卵を使った親子丼。こっちはアジっていうお魚と、茸《きのこ》と野菜のホイル焼き。味噌汁、夏野菜の揚げびたし、キュウリの浅漬けもあるよ。さあ、召し上がれ」

料理を指し示しながら説明し、「いただきます」と手を合わせると、子供たちもそれに倣《なら》って、「「「いただきます」」」と手を合わせた。

肉と卵が大好物のシヴァは、真っ先に親子丼をほおばり、ますます激しく尻尾を振りながら言う。

「うわんっ！　このおにくとたまご、すっごくおいしー！」

そりゃ、日本三大地鶏に数えられる名古屋コーチンだからね。肉も卵も濃厚でコクがあって美味しいよ。

キャティはキラーンと目を光らせて、まずアジのホイル焼きに狙いを定めてパックン。もぐもぐしながら目を細めて笑み崩れた。

「にゃーん！　おしゃかにゃも、おいしーにゃんよ！」

ラビも短い尻尾をプルプルさせながら、いろんな料理を一口ずつ噛みしめては、うっとりと幸せそうに微笑んでいる。

「んー♪　おいしー♪」

ラビは甘みがあって、やわらかくて口当たりのいいものが大好きだから、特に親子丼がツボにハマったようだ。微妙な表情の違いで判るよ。

（みんな可愛いなぁ……）

この笑顔を見ていると、なんだか俺も嬉しくなって、自然に笑みがこぼれてしまう。

量を加減しているから、子供たちも『ちょうどいい腹具合』って感じで食べ終わった。

俺は食器を片付け、無限収納庫から寒天を取り出して配っていく。

「はい。お楽しみのデザートは、黒糖寒天のきな粉がけだよ」

「「「うわぁーい！」」」

みんな甘いものが大好きだから、またまた尻尾が大騒ぎしてるね。

「うわん！　おいしー！」

「あまいにゃん！　ほっぺがおちしょうにゃん！」

「ほろほろ……♪」

みんな夢中で食べて、『大満足！』って顔で笑った。

俺たちは革鎧《かわよろい》などの装備を着けて宿を出て、食後の散歩気分で森へ向かう。

「にゃんにゃにゃんにゃんにゃにゃにゃーん♪」

ごきげんなキャティは、俺の隣で鼻歌交じりにスキップし始めた。

「うわぅ！　あそこ！　きのうえにとりがいるよ！」

「ほんとだ！」

好奇心旺盛なシヴァはいろんなものに興味を引かれ、ラビを連れてあっちこっち駆け回る。
「いってみよう！」

「みんな元気だねぇ」
獣人族の子供はタフで身体能力が高い上に、異世界料理でステータスを底上げしてるか
ら、幼児とは思えないほどパワフルだ。
村の関所でギルド証を提示して森へ出ると、しばらくは整備された馬車道が続く。
ヘルディア大陸中央部西側を縦断する大森林は、高ランクの魔物が生息する危険地帯だ
が、『ルジェールの森』と呼ばれている、村周辺の森は長閑《のどか》なものだ。
「そろそろスキルを発動するか。《食材探索》」
これはヘルディア王国からの逃亡中、森の中で新たに発現したスキルだ。食材は白く光
る矢印。薬になるものは青緑から黄緑に光る矢印。薬効もあるが副作用も強いものは黄色
っぽく光る矢印。毒物・劇物は赤や黒っぽい矢印で場所を示してくれる。
「やっぱり夏の常時依頼は、買取単価が高いマナベリーが狙い目だよね」
マナベリーは魔力回復ポーションの原料で、熟した実を手摘みするだけの、幼児でもで
きる簡単なお仕事だ。果物としても栄養豊富で美味しく、お菓子作りや料理にも使えるか
ら、無限収納庫にもたくさんストックしておきたい。

食材探索したところ、昨日行ったマナベリーの群生地より遠いところに、かなり大規模な群生地があると判った。

「みんな、こっちだよ」

俺は光る緑の矢印に導かれ、目的地へと子供たちを誘導していく。

その道中、マナベリーの矢印より碧《あお》く光る下向き矢印が、右前方の草叢《くさむら》の上で、めちゃめちゃ激しく光って自己主張していた。

「えっ!?　幻の不老長寿薬の原料!?」

食材鑑定スキルによると、絶滅したトネリエッダの珪化木《けいかぼく》――つまり植物の化石らしい。

「みんな、ちょっとそこで止まって待ってて」

目視できないけど、場所と名前が判ってるから、無限収納庫に収納してみた。

その途端、ドシャアアアーッと轟音が鳴り響いて――。

「うわーんっ!!」

「にゃーっ!?」

「キューッ!!」

なんか、草叢にすんごく大きな穴が開いちゃったよ。

「驚かせてごめんね。このまま放置したら危ないな。《盛り土《エンバンクメント》》《転圧《ローリング》》」

魔法で穴を埋めて地面を固めると、さすがに草地じゃなくなったものの、平地に戻すことはできた。

　そこからしばらく進むと、今度は深い藪の向こう側に、緑みの強い黄緑に光る下向き矢印が――。

「なにこれ。『シャラメロ』の実？　体力増強効果があるレア果菜《かさい》。赤肉品種のメロンのように濃厚な甘みと豊潤な香り――これも採取だ！　《風の刃《ウインドカッター》》」

　俺は魔法で藪を刈り取って道を作った。

「みんな。こっちに美味しい果物があるよ。取りに行こう」

「「「はーい！」」」

　深い藪《やぶ》の奥には蔓《つる》植物が繁殖し、マクワウリみたいな、縦筋が付いた緑色の大きな丸い実をたくさんつけている。

　野生動物が通った痕跡があったので、身体強化で五感を高めて周囲の様子を観察したが、すでに塒《ねぐら》へ帰ったのか、近くに潜んでいる気配はない。

　俺はシャラメロの繁殖地に分け入り、二・五キロくらいの完熟した実を手に取って、子供たちに言う。

「これはシャラメロの実。こんなふうに、実の上の葉が枯れているのが食べごろなんだ。採取するときは、ここところをハサミで切るの。こんな感じで」

　俺は見本にしていた実と葉が付いた枝を、メロンみたいにハサミで切ってみせた。

「じゃあシヴァからやってみよう」

子供用のハサミを手渡すと、シヴァは少し緊張した様子で枝を二カ所カットする。

「やったぁ！　これ、おれがとった、シャラなんとかいうくだもの！」

シヴァは採取した実を誇らしげに掲げて笑う。

「シャラメロの実だよ。よくできました。次はラビ。やってごらん」

「こ……これでいい？」

「うん。上出来。次はキャティだよ」

キャティはハサミの開閉動作が苦手だから、俺がフォローしてあげた。

「昨日ハサミを使う薬草採取で練習したから、ずいぶん上手になったね」

「もっと、じょーじゅににゃるにゃん！」

「うん。頑張って。じゃあ、背負籠《しょいかご》を配るから、採取した実を籠に入れてね」

「「はーい」」

男の子たちは一人で採取できるけど、キャティはまだ心配だから、俺が隣で採取しながら見守っている。

同じ作業を繰り返しているうちに、キャティもハサミを使うコツをつかんだようだ。

この繁殖地のシャラメロの実は、ほとんどが食べごろか、熟しすぎて割れているか、野生動物に食べられている。

（野生動物に、体力増強効果のある果物を食べられたら……厄介だな）

俺たちはきれいな実を採りつくし、再びマナベリーの群生地目指して、足取り軽く森の中を歩いていく。

「あれ？　なんか、あまいにおい……」

シヴァが突然、何かに誘われるように脇道へ入った。

「どこ行くの、シヴァ？」

俺の食材探索スキルは、何も反応していない。

慌ててシヴァを追いかけると――。

「うわぁ、はなばたけだ！」

「きれいにゃん！」

「あまくて、いいにおい……」

夏のフランスの野に咲くコクリコ《ひなげし》のような、赤い花が一面に咲いている。

コクリコはこんな甘い香りじゃないから、違う花だろうけど、見た目はそっくりだ。

「きれいな景色だね。今日のお昼はここで食べようか」

「「うんっ！」」

「じゃあ、お昼ご飯まで、採取の仕事、頑張ろう」

「「はぁーい！」」

今日の目的地は、ちょっと判りにくい場所にあった。

またしても藪に阻《はば》まれ、魔法で道を切り開くと、藪の向こう側に、大規模なマナベリーの繁殖地が広がっていたんだ。

滅多に人が来ないのか、遠目に見ても、熟した実をたくさんつけている樹が多い。

「ここでマナベリーを採取するよ」

俺は子供たちに、目印カラーのリボンを結んだ持ち手つきの籐籠《とうかご》を渡し、熟《う》れた実が多い低めの樹を三つ選んで、子供用の木製手すり付きステップスツールを置く。

「キャティ、ここがいいにゃん！」

「じゃあ、おれはここ！」

おとなしいラビは、いつも二人が選んだあとの残りを選択するんだよね。

「だれがいちばんたくさんとれるか、きょうそうしよう！」

「きょうは、まけにゃいにゃんよ！」

「ぼくも、がんばる！」

「じゃあ、はじめ！」

シヴァの掛け声で、子供たちはマナベリーを摘み取り始めた。

俺も自分用の脚立《きゃたつ》と籠を出し、高所に生っている実を摘んでいく。

マナベリーの採取は、低ランク冒険者にとってすごく美味しい仕事だから、子供が取りやすい場所は残しておかなきゃね。

しばらく採取を続けていると、中高生くらいに見える冒険者たちが、Gランク冒険者らしき子供たちを連れてやってきた。

「あれ？　先客がいる。ここはギルドのマップに載ってない穴場なのに、ほかにも知ってる人がいたんだな」

「うわぁ！　いいなーアレ。あんなのがあったら、高いところも採取できるのに！」

「バーカ！　荷物が多くなるほうが大変だろ！」

「荷馬車かマジックバッグがなきゃムリよ」

「だよねー」

少し離れた場所にいるけど、大きな声で話してるから聞こえちゃったよ。

「おはよう。俺はFランク冒険者のニーノ。あっちで採取してる犬人族の子がシヴァ。兎人族の子がラビ。猫人族の子がキャティっていうの。俺がリーダーをしている『ニーノファミリー』のメンバーだよ。君たち、どう見てもGランクの子がいるけど、保護者同伴で来たのかな？」

そう見えないから心配で、なるべく優しい口調で聞いてみた。

「おはようございます。俺はDランク冒険者のケヴィン。十五歳の成人です」

前に出て答えたのは、一番大柄な体育会系の短髪ブルネット少年だ。

続いて、ストレートマッシュのダークブロンド少年が前に出て言う。

「俺はEランクのテオ。Fランクパーティー『月光の道標《みちしるべ》』のリーダーです」

脚立を羨ましがっていたのは、淡い茶髪のゆるふわボブ少女ルナ。

ツッコミを入れたのは、シルバーアッシュの髪を編みこんだ少女サラ。

相槌を打った、スパイラルマッシュのブロンド少年はエミルと名告《なの》った。

「俺は十二歳だからEランクだけど、ルナとサラは十一歳、エミルは十歳だから、まだEランクに昇格できないんです。Gランクの子は、大きいほうからポール、トマ、リア、マリー、レニー。みんな冒険者の親を亡くして、ギルドに保護されたんです」

保護された遺児は、冒険者ギルドの寮で暮らしている。

成人して寮を出た冒険者が、ギルドからの依頼を受けてGランク冒険者を引率し、寮住まいのFランクパーティーが、輪番《りんばん》で採取がてら補佐につくらしい。

冒険者ギルドの遺児救済制度、話には聞いていたけど、ちゃんと機能してるんだな。

「納得したよ。変なこと聞いてごめんね。お詫《わ》びというのもなんだけど、必要なら予備の脚立を貸すよ」

「えっ!?　貸してくれるの？　うれしー！」

「ちょっと、やめなさいルナ！」

「すみません。こいつ図々しくて……」

「だよねー」

「遠慮しなくていいよ。一人ずつGランクの子に付き添う決まりなら貸せないけど、交代で監督すればいいんでしょ？　脚立を使って高いところから採取して、小さい子が取りやすい場所は残しておいてくれるかな？」

「「「解りました。ありがとうございます！」」」

無限収納庫から脚立を二台取り出すと、ギルドの子たちが目を見開いてあんぐりと口を開け、ルナがはしゃいだ声で言う。

「すごーい！　てっきりマジックバッグを持っているのかと思ったら、ニーノさん、アイテムボックス持ちなんだー！」

「うん。マジックバッグって、アイテムボックスみたいな鞄のことだよね？」

「そうよ。ダンジョンの宝箱から低確率でドロップする、憧れのレアアイテム！」

「へえー。俺、一昨日冒険者登録したばかりでよく知らないんだけど、ダンジョンって、入場資格とかあるの？」

「うん。ダンジョンごとに、入場できる最低限の冒険者ランクが決まってるよ。初心者向けのEランクダンジョンじゃ、レアアイテムはドロップしないみたいね。アイテムボックスを狙うなら、Cランク以上のダンジョンに行かなきゃダメなんだって」

「へぇー。じゃあ、どこかでマジックバッグ、売ってないかな？」

「売ってるとしたら、オークションね。でも、冒険者はよほどのことがなければ自分で使うから、『もし出品されたら超大ラッキー！』くらいの確率だと思うよ」

「そっか。オークションって、誰でも参加できるの？」

「まさか参加するつもり？　マジックバッグは大商人も狙ってて、目玉が飛び出るほど高値がつくのよ！　もしかしてニーノさん超お金持ち⁉　そういえば、あの子たちが着てる服や革鎧も、全部『冒険者ファッション専門店ミラベル』の、高ランカーモデルのたっかい子供服よね⁉　もしかして、あれもニーノさんが……」

「ちょっと！　はしたないわよ、ルナ！」

　サラに止められ、ルナがハッと我に返って頭を下げる。

「すみません、ニーノさん」

「いやいや、全然気にしてないから。情報ありがとう。仕事頑張ってね」

　ギルドの子たちは、守《も》り役が付き添うGランクのグループと、単独で脚立を使うFランクの子に分かれ、少し離れた場所で採取を始めた。

　俺もマナベリーの採取を再開する。

　延々単純作業を続けているのに、うちの子たちは飽きることなく楽しそうだ。遊び気分で競争しているからかな。

「おにーちゃん！　かごいっぱいになったよ！」

「ぼくも！」

「キャティもにゃ！」

「みんな頑張ったね。そろそろ朝のおやつで休憩しようか」

「「「わぁーい！」」」

俺は少し開けた場所を選んで雑草を刈り、折り畳みのテーブルセットを設置して、口広のデザートカップに盛りつけた冷菓を並べていく。

「うわん！　いいにお〜い！」

「おいししょーにゃん！」

「くだもの、いっぱい♪」

「これはフルーツババロア。バニラ味のババロアに、サクランボ、キウイ、夏イチゴ、ブルーベリー、パイナップル、マンゴー、桃を飾った冷たいお菓子だよ」

俺たちの声が聞こえたんだろう。ギルドの子たちが、羨ましそうにこっちを見てる。

「たくさん作り置きしてるから、君たちも一緒に食べない？」

「「「「わーい！」」」」

子供たちが大喜びで駆け寄ってきた。

「あっ、コラ！」

「ちょっと待ちなさい！」

「ルナまでチビたちに交じってんじゃないよ！」

「だよねー」

「いやいや、大きい子たちも遠慮しないで、こっちへおいでよ。俺は料理と菓子を作るのが本職なんだ。大勢の人が食べてくれたら嬉しいよ」

「「「……じ、じゃあ、ご馳走《ちそう》になります」」」

「どうぞ。召し上がれ」

「「「いただきます！」」」

うちの子たちがそう言って手を合わせるのを見て、ギルドの子たちも見様見真似《みようみまね》で手を合わせ、緊張した様子で食べ始めた。

「「「「「「「おいしー！」」」」」」」

「くだもの、あまくておいしーにゃん！」

「バニラアイスみたいな、うれしいにおいのしろいやつも、すっごくおいしい！」

「ふわとろ♪」

ニコニコしながら感想を言ううちの子たちに続いて、ルナが興奮した様子で言う。

「確かにこれ、あまくて、ふわとろで、とっても幸せなにおいがする！　わたし、こんなおいしいもの食べたの生まれて初めてだよ！」

「わたしもよ。フーッと魂が抜けそうなほどおいしい……」

「ババロアも、飾りの果物も、ビックリするほど甘くて、味が濃くておいしいな」

「バニラ味のババロアなんて初めて食べたけど、果物も初めての味がするぅ〜！」

「だよねー」

サラ、ケヴィン、テオ、エミルもうっとりと微笑みながらそう呟き、Gランクの子たちも大喜びの美味しい顔でキャーキャーはしゃいでる。

こんなに喜んでもらえたら、料理人冥利《みょうり》に尽きるよ。

食べ終わったうちの子たちが手を合わせてそう言うと、ギルドの子たちも真似をする。

「「「ごちそうさま」」」

「お粗末様《そまつさま》でした」

ニッコリ笑って答えると、ルナが俺に話しかけてきた。

「ほんとに、すっごくおいしかった！　ニーノさん、屋台広場でお店出す予定ないの？」

「今は冒険者になったばかりで予定はないけど、いずれ屋台を出してみたいとは思ってるよ。そのときはよろしくね」

「「「「はい！」」」」

「さて。じゃあ、もうひと踏ん張りするかー」

「「「「「「おー！」」」」」」

ケヴィンの掛け声でギルドの子たちが腰を上げ、俺もうちの子たちに新しい籠を出し、場所を替えて採取を続ける。

ケヴィンに声を掛けられたのは、俺が四つ目の籠をほぼ満杯にした頃だ。

「ニーノさん。チビたちの採取が終わったから、今日はこれで帰ります。脚立とおやつ、ありがとうございました！」

「「「「「「ありがとうございました！」」」」」」

「どういたしまして。みんな、元気で頑張ってね」

俺は返却された脚立を仕舞い、別れの挨拶とともに手を振り合う。

ギルドの子たちは大きい子と小さい子でペアになり、二列に並んで村のほうへ帰っていく。

「俺たちもそろそろ切り上げて、花畑でお弁当を食べようか」

「「うんっ！」」

花畑まで引き返して、俺はテーブルセットを配置し、重箱を取り出した。

「今日のお弁当は、デコ巻き寿司《ずし》だよ！」

お祝い事で定番料理の巻き寿司は、縁起のいい運アップ料理だ。

子供たちを喜ばせたくて、今回は思いっきり手間暇《てまひま》かけてデコっちゃったよ。

ステンドグラスをイメージした、モザイク柄のデコ巻き寿司。

切り口がバラの花を描き出すデコ巻き寿司。

いろんな色の混ぜご飯を外側にした、カラフルな裏巻き寿司。

どれも我ながら渾身《こんしん》の仕上がりだ。

「うわぁー！」

「すごーい！」

「きれーにゃー！」

子供たちはビックリ笑顔で感嘆の声を上げた。

「おかずは、手羽先チューリップのから揚げ。鮭のムニエル。ピーマンのタルタルグラタン。ウサギかまぼこ。ハムとキューリのフラワーピック。プチトマトのハニーマリネ。汁物は豆腐となめこの赤だし味噌汁だよ。召し上がれ」

「「「いただきます」」」

早速巻き寿司を食べた子供たちが、「「「おいしー！」」」と笑みこぼれる。

「おれ、あまくてすっぱいごはん、だいすき！」

「キャティもしゅきにゃ」

「ぼくも」

「チューリップのからあげも、めちゃくちゃおいしい！」

大喜びでチューリップのから揚げを食べ始めたシヴァのほうから、ボリボリと異音が聞こえる。

「もしかしてシヴァ、骨まで食べてない？　咽喉《のど》に刺さると大変だから、骨は食べちゃダメだよ」

「えぇー、おいしいのにぃー！」

「いけません！　ぺッしてね」

幼児なのに、どんだけ丈夫な顎してんの!?

「キャティはピンクのおしゃかにゃがしゅきにゃ～！」

「これもおいしいよ」

キャティは鮭《さけ》のムニエル、ラビはピーマンのタルタルグラタンがイチ推《お》しらしい。

楽しく弁当を食べ終わったところで、お重と食器を片付け、和柄の箱を取り出す。

「今日のお昼のデザートは、夏向けの『練り切り』っていう和菓子だよ」

練り切りは、水で溶かした白玉粉《しらたまこ》に白餡《しろあん》を加え、火にかけながら練って冷まし、色をつけ、季節に合わせた花や縁起物の形にしたアートなお菓子だ。

使った水は、【後方羊蹄山《しりべしやま》の神《カムイワッカ》の水】。

この召喚水は、アイヌの神々のご利益がある。

国創りの神《コタンカラカムイ》の加護による、土属性魔法とその耐性。獲得経験値倍加。危険察知。攻撃力・防御力上昇。夜目遠目が利き、別視点で高所から俯瞰《ふかん》できる『梟の目《コタンコロカムイ》』というスキル。

植物の女神《イカッカラカムイ》の加護によるステータス成長促進。植物性の毒無効。解毒《げどく》。治癒《ちゆ》。超回復。

火の媼神《アペフチカムイ》・水の女神《ワッカウシカムイ》・風の女神《レラカムイ》・日の女神《ペケレチュプカムイ》・月の女神《クンネチュプカムイ》の加護による、火・水・風・光・闇属性の魔法とその耐性など。

夜の見張りや、魔法で戦うとき、特に高い効果がある召喚水だ。

ちなみに、今回作った夏向けの練り切りは、ピンクの芙蓉《ふよう》。水色の朝顔。緑の青楓。黄色いひまわり。

「うわん！　おかしのはなとはっぱだ！」

「きれぇーにゃーん！」

「すごーい！」

しばらく練り切りを目で楽しみ、木製漆塗りの銘々皿《めいめいさら》に取り分けていく。

「キャティ、ピンクのはながいいにゃん！」

「おれ、みどりのはっぱ！」

「ぼく、あおいおはな」

「じゃあ、俺がひまわりだね」

子供たちは黒文字《くろもじ》を使えないだろうから、木製の和菓子用二又《ふたまた》フォークを添えた。

「このフォークで、一口大に切りながら食べるんだよ」

和菓子のお供は、女神水で作った水出し緑茶。

お茶とお菓子を配り終わると、子供たちは全身で『嬉しい』と訴えながら、練り切りを食べ始める。

「「「おいしー！」」」

小さなお菓子をゆっくり楽しみ、お腹が膨れたキャティは次第に瞼が下がってきた。

「キャティ眠そうだね」

採取の仕事は朝早いから、睡眠時間が足りないんだろうな。

俺も子供たちを寝かしつけたあと、弁当やお菓子を作っていたから、十分寝たとは言えない。

「みんなで、お花畑でお昼寝しようか」

俺は食器を片付け、うつらうつら舟を漕ぐキャティを抱き上げて、無限収納庫にテーブルセットを仕舞い、花畑に腰を下ろして横たわる。

キャティを挟んでラビ、背中側にシヴァが並んで体を横たえた。

「《ルームエアコン》」

結界を張って、内部を昼寝に適した温度に調節すれば、寝苦しくないし、魔物に寝込みを襲われることもない。

「ちょっと日差しが強いな。《眠りを誘う薄闇の天蓋《スリーピングカーテン》》」

さらに闇魔法のシアーカーテンで天蓋を作ると、いい具合の昼寝環境が整った。

心地いい気温と薄暗さが眠気を誘う。

男の子たちも横になった途端、すやすやと眠ってしまい、俺もスマホのアラームをマナーモードでセットし、微睡《まどろみ》に身を任せた。


どれくらい眠っていたんだろう。

何やら辺りが騒がしくて、眠りの淵から引き戻された。

俺はそっと身を起こし、闇のシアーカーテンを少し開いて、辺りの様子を窺う。

視界に飛び込んできたのは、テオたちと同じ年頃の少年たちが、鎧を身に着け槍を掲げたゴブリンの群れに追われているシーン。

(えっ!?　ゴブリンソルジャー!?)

Fランクの狩り場に出没するゴブリンは、腰布一丁で、木の棒や石を武器にしている。

武装したゴブリンソルジャーはEランクの魔物で、この辺りにはいないはずなんだ。

大森林を抜ける際、護衛に雇った『銀狼の牙』から聞いた話によると、ゴブリンは単為生殖可能な雌雄同体《しゆうどうたい》の魔物で、生餌《いきえ》にする寄主《きしゅ》の体に卵を産み付けて繁殖するらしい。

数日で卵が孵《かえ》り、寄主の体を喰らって驚異的なスピードで成長する上、繁殖可能な成体になるのも早く、一匹いるだけであっという間に増えてしまう。

繁殖力が強すぎるから、常時依頼の討伐対象になっているんだって。

ちなみに生まれたてのゴブリンは新生児より小さいけど、成体のゴブリンやゴブリンソルジャーは、身長六十センチから七十センチくらいの乳児サイズ。リーダー個体は一歳から四歳くらいの幼児サイズで、進化する度に体が大きくなっていく。

ゴブリンキャプテンは百二十センチくらい。ゴブリンナイトは百四十センチくらい。ゴブリンジェネラルは百六十センチくらいだった。

奴らの棲《す》み処《か》は洞窟などの暗い場所で、どちらかと言えば夜行性。

でも、仲間が増えすぎて食料が足りなくなると、昼夜を問わず交代で狩りに出る。

基本的には森で狩りをしているけど、夜中に畑へ侵入して農作物を盗んだり、赤子や子供や小柄な女性を群れで襲って攫ったりするらしい。

獲物を巣穴に持ち帰り、寄主にするか、生きたまま寄ってたかって嬲《なぶ》りながら食べると聞いてゾッとしたよ。

ゴブリンは小さくても力が強く頑丈で、ステータスの低い一般人が一発殴ったくらいじゃ、さほどダメージを与えられない。

Eランクのゴブリンソルジャーとなると、進化個体のリーダーに身体能力を強化され、戦闘訓練を受けているから、まともに武器や魔法を扱えなければ、討伐するのは難しいと聞いた。

追われている少年たちは、多勢に無勢で分が悪いし。パッと見ただけでも、あちこち怪我をしていると判る。

だからそっと結界から出て、少年たちに話しかけた。

「手助けが必要かな？」

「「「お願いします！　助けてください！」」」

俺は『銀狼の牙』の魔法師ノアから、魔法の使い方を教わっている。

大森林でゴブリンジェネラルの群れと遭遇したとき、ノアが使った攻撃魔法を見様見真似で再現し、俺自身も戦闘に加わったんだ。

「《風の刃《ウィンドカッター》》」

少年たちに肉薄しているゴブリンソルジャーを風魔法で切り伏せ、駆け寄ってきた少年たちを背に庇う。

後続の群れは、高範囲魔法で一掃するほうが手っ取り早い。

「《塵旋風《ダストデビル》》」

土煙を上げて旋風が吹き荒れ、砂塵とともに、ゴブリンソルジャーの群れが上空へ巻き上げられていく。

「「「すっげー！」」」

竜巻のように渦巻く風に翻弄されたゴブリンソルジャーたちは、やがて地上に叩きつけられて絶命した。

俺は討伐したゴブリンソルジャーの群れを無限収納庫に収納し、少年たちに振り返る。

「君たち大丈夫？　俺はニーノ。Ｆランク冒険者だよ」

「「「Ｆランク!?」」」

「冒険者になりたての新人なんだ。君たちのランクは？」

「全員Ｅランクです。パーティー名は『蒼い流星』で、オレはリーダーのジャン」

続いてほかの少年たちが、「エリオ」「ヤニス」「ロバン」と名告って頭を下げた。

「そっか。走り回って疲れただろう？　喉乾いてないか？」

俺はアイテムボックスから、紙コップ入りの、カムイワッカで作ったレモネードを取り出した。

「えっ？　今どこから出したんだ？」

「マジックバッグ？」

「いやいや、アイテムボックスだろ」

「すっげー！」

少年たちが驚きの声を上げている。やっぱアイテムボックス持ちって珍しいんだな。

俺は紙リッド《ふた》を外して、まずリーダーのジャンに紙コップを差し出した。

「はい。これ飲んで。疲労や怪我が回復する飲み物だよ」

「え……でも……」

「子供は遠慮しないで、素直に大人の厚意を受け取ればいいんだよ」

一人ずつ配っていくと、少年たちは戸惑いながら「ありがとう」と礼を言って受け取り、示し合わせて口をつけ――。

「「「うっまーっ!」」」

まず味に驚き、続いてすぐに表れた効果に驚く。

「「「わっ！　ホントにケガが治って、元気になった!」」」

「よかったね」

「「「本当に、ありがとうございます！　助かりました!」」」

「どういたしまして。それにしても、災難だったね。まさかFランクの狩場に、ゴブリンソルジャーの群れが出るなんて……」

俺の呟きに、少年たちは顔を見合わせ、ジャンが気まずそうに口を開く。

「……すみません。オレらようやく全員Eランクに昇格して、Eランクの狩場へ移ったら、運悪くゴブリンソルジャーの大きな群れと鉢合わせして……。オレらだけじゃ敵わないから、必死でここまで逃げてきたんです」

　するとほかのメンバーも、疲れた表情で言う。

「まさか、あんなにしつこく追ってくるとは思わなかった……」

「普通のゴブリンより、殺《や》る気がすごかったよな」

「しかも数多すぎ！　昼間Eランクの狩場を巡回してるゴブリンソルジャーは、ほとんどが四体組《カルテット》、多くても八体組《オクテット》か、十二体組《デュオデクテット》のスクワッドだって聞いてたのに……」

　スクワッドっていうのは、『部隊』とか『分隊』っていう軍隊用語だ。

　ゴブリンソルジャーのスクワッドは、四体・八体・十二体と決まっていて、群れの規模でリーダー個体の種類が推測できる。

「さっきの群れは二十体以上いたから、たぶん上位種がいたんじゃないかな？」

「はい。一体だけいい鎧を着けたデカいヤツもいたから、おそらくプラトーンリーダーがいると思って、戦わずに逃げました」

　プラトーンリーダーっていうのは、八体組《オクテット》以上のスクワッドを二隊以上――最大ゴブリンソルジャー四十体の小隊《プラトーン》を指揮する、Dランクのゴブリンリーダーだ。

「怪我だけで済んでよかったよ。傷や体力は回復したけど、装備品のメンテナンスが必要だから、今日はもう帰ったほうがいい」

「そうですね。お世話になりました」

頭を下げて帰っていく少年たちを見送っていると。

「うわぁーん！」

不意に泣き叫ぶシヴァの声が聞こえた。

「おにいちゃんが、いなぁーいっ！　おにちゃーん！」

それを聞いて、ラビとキャティも目を覚ましたようだ。

「キューっ！　おにいちゃーん！　どこぉーっ!?」

「にゃぁーっ！　おにーちゃーん！　どこにもいにゃいにゃー！」

「「うわぁぁぁーん！　おにーちゃぁぁぁーんっ！」」

俺は慌てて結界を解き、子供たちに駆け寄った。

「ここだよ！　ちゃんとここにいるよ！」

この子たちは奴隷商人に攫われたとき、一人ずつ箱詰めされて運ばれていたんだ。

ただでさえ俺の姿が見えないと不安になるのに、闇のシアーカーテンに覆われた結界の中は、トラウマを刺激されて怖かったただろう。

俺は縋りついてくる子供たちを抱きしめた。

「怖い思いさせてごめんね。よしよし。もう泣かないで。大丈夫だからね」

代わるがわる三人の頭を撫で、優しく宥めていると、次第に落ち着いてきたようだ。

「泣いたら喉乾いたでしょう？　レモネード飲む？」

「「うん」」

頷いた子供たちにレモネードを手渡すと、一口飲んで、ほわんと笑みを浮かべる。

「おいしい？」

「「うんっ」」

笑顔が戻ってよかった。

そこで不意に、ポケットの中のスマホが震えだす。

そろそろ森から帰る時間だ。

2. 昼下がりの冒険者ギルド

森へ行くときは食材探索スキルを発動して、採取しながら移動したけど、帰路は寄り道せずに、まっすぐ冒険者ギルドへ向かった。

昼下がりの冒険者ギルドは人が疎《まば》らだ。真夏の昼間は暑いし、魔物は夜から朝にかけて活動するものが多いから、この時間帯は、大半の冒険者が宿で昼寝しているらしい。

俺は子供たちを連れて買取窓口へ直行し、受付嬢に話しかけた。

「今日は常時依頼のマナベリーと、シャラメロの実と、トネリエッダの珪花木を採取してきたんですが……」

すると受付嬢が驚きに目を瞠り、ハッと我に返って言う。

「恐れ入ります。個室のほうでお伺いします」

俺はそれを了承し、子供たちに視線を移して優しく言い聞かせる。

「個室へ移動だって。お仕事の話をしている間、みんな静かにしていてね」

「「はぁーい」」

昨日と同じ個室へ案内されると、すぐに高度な鑑定スキルを持つ査定専門スタッフが入室し、挨拶を交わして席に着く。

「本日はシャラメロの実と、トネリエッダの珪花木を持ち込まれたと伺いましたが、拝見させていただけますか？」

俺はとりあえず、シャラメロ一個と、折れた状態で埋まっていた珪花木の小枝を一つ取り出し、テーブルの上に並べて置いた。

査定スタッフはそれらを丁寧に鑑定し、顔を上げていい笑顔で言う。

「シャラメロの実と、トネリエッダの珪花木で間違いありません。シャラメロの実は、この大きさですと金貨五枚。こちらのトネリエッダの珪花木は、絶滅した超激レア素材なので、大金貨十枚でいかがでしょうか？」

3Lサイズのメロン並みに大きいシャラメロの実は、日本円に換算すると、推定五十万円くらいだ。

木苺サイズのマナベリーは、一キロが金貨二枚だから、グラム単価はほぼ同じだろう。トネリエッダの珪花木は、推定一千万円くらい。まだ無限収納庫の中に、大きな本体があるけど……値崩れするから言わないほうがよさそうだな。

「シャラメロの実は、どのくらい需要がありますか？」

「こちらは、一時的に体力を大幅に増加・回復させる体力増強ポーションの原料です。冒険者や騎士団・傭兵団から需要が高いポーションですし、果物としても、王侯貴族に人気があります。まだお持ちでしたら、ぜひ買い取らせていただきたいのですが……」

「いくつご希望ですか？」

「たくさんお持ちで？」

「まあ、それなりの量を採取しました。ご希望なら、まとまった数を売ることもやぶさかではありません。でも、俺は大容量の時間停止機能つきアイテムボックスを持っているので、腐ることはありませんし。本職は料理人なので、ある程度、料理の研究用に残しておきたいんです」

「なるほど。それでは、とりあえず十個ほどお願いできますか？」

四人で割り切れない数なので、子供たちから三個ずつ売って、俺はシャラメロの実一個と珪花木の小枝を売ることにした。

「あと、Fランクの狩場にいた、ゴブリンソルジャーを二十五体討伐したんですが」

「Fランクの狩場に、ゴブリンソルジャーが二十五体も!?」

「正確に言うと、新人Eランクパーティーが、Eランクの狩場でゴブリンソルジャーの群れに遭遇し、自分たちだけでは敵わないから逃げたところ、追いかけてきたそうです。助けを請われて討伐しました」

「そうでしたか。助けたEランク冒険者のパーティー名が判れば、事実確認後、救助クエスト扱いでギルド貢献ポイントを加算できますよ」

　森で助けた冒険者たちのパーティー名と名前の報告を終え、受付嬢が説明を続ける。

「ダンジョン以外でゴブリンを討伐した場合、討伐証明部位である『ゴブリンの右耳』を提出していただくと、常時依頼の報奨金が支給されます。買取可能な素材は魔石ですが、ゴブリンソルジャーは、武器も買い取り可能です。鎧や壊れた武器も、金属部分を買い取りしています」

「じゃあこれ、お願いします」

　俺のアイテムボックスは解体スキルがついていて、収納したゴブリンの欲しい部位だけ選んで取り出し、不要なものを亜空間ゴミ箱に捨てられるから便利だ。

　武器は専門スタッフが、それ以外はルーペを手にした受付嬢が鑑定していく。

「確かに、ダンジョン以外で本日討伐されたゴブリンソルジャーですね。Dランクのプラトーンリーダー一体、Eランクのオクテットリーダー三体、カルテットリーダー三体、ゴブリンソルジャー十八体ありました。通常Fランク冒険者が、Dランクの依頼を受けることはできませんが、ゴブリンソルジャー二十五体の討伐で、ニーノさんはEランク昇格試験合格扱いとなり、Eランクに昇格します。Eランク冒険者なら、Dランクの常時依頼も受けられるので、そちらの報奨金も支給されますよ」

　不都合を詭弁《きべん》で切り抜けたような説明だが、問題ないならよかったよ。

ちなみに報奨金は、ゴブリンソルジャーが銀貨二枚（推定二千円くらい）。カルテットリーダーが銀貨四枚。オクテットリーダーが銀貨六枚。プラトーンリーダーが、小金貨五枚（五万円くらい）だ。

魔石の買取価格も、ソルジャーが小銀貨一枚（百円くらい）。カルテットリーダーが小銀貨四枚。オクテットリーダーが小銀貨八枚なのに対して、プラトーンリーダーは小金貨一枚だ。

「プラトーンリーダーの魔石だけ、買取金額がほかのとずいぶん違うんですね」

「はい。ゴブリンの魔石は、ダメージ軽減を付与したアクセサリーに加工されますが、一度効果を発揮すると割れてしまいます。ゴブリンソルジャーの魔石には、身体強化を底上げする効果もあり、こちらも一度ダメージ軽減効果を発揮すると割れてしまいます。でも、カルテットリーダーの魔石は四回。オクテットリーダーの魔石は八回。デュオデクテットリーダーの魔石は十二回ダメージを軽減できます。プラトーンリーダーの魔石は四十回のダメージに対応でき、攻撃力アップ効果も付与できるので、需要が高いんです」

「なるほど。納得しました」

続いて武器の査定を終えたスタッフが、結果を告げる。

「ソルジャーの武器と鎧は、金属スクラップ込みで銀貨二枚・小銀貨五枚・銅貨三枚。プラトーンリーダーの剣は、鞘付きで状態がよく、金貨一枚で買取できます。これには攻撃力五パーセントアップが付与されているので、予備の武器として手元に残す方もいらっしゃいますが、どうなさいますか？」

「じゃあ、プラトーンリーダーの剣だけ、今は売らずに取っておきます」

合計額を日本円に換算すると、今回のゴブリン小隊《プラトーン》の討伐収入は、十三万円強ってところかな？

こんなこと言うのは俺くらいかもしれないけど、絶対に、採取専門冒険者のほうが稼げるよね。

「お支払い手続きの前に、Eランク冒険者カードを交付しますので、Fランク冒険者カードを返納してください」

促されるまま、ブルーのFランク冒険者カードを返納すると、しばらく席を外した受付嬢が、パープルのEランク冒険者カードを持って戻ってきた。

「お待たせしました。こちらが、ニーノさんの新しい冒険者カードと、Fランクの狩り場から、Dランクの狩り場までを色分けした森の地図です。今後は一つ上の、Dランクの討伐依頼も受けられますよ」

「いや……うちの子たちはまだ当分Gランクですし。俺は今後も採取専門で活動していく予定です」

俺の言葉に、受付嬢が困った顔で微笑みながら言う。

「森での採取はFランクの仕事です。お子さんたちはGランク冒険者なので、Gランクの仕事も受けなきゃダメですよ。Fランクの採取依頼では、ランクアップのためのポイントが貯まりませんし。一か月以上保護者付きの採取のみで、一度もGランクの仕事をしていない場合、『仕事をしていない』と見做《みな》され、登録抹消されてしまいます。そうなると、お子さんたちは十歳になるまで再登録できなくなるんです」

「ええっ!?」

そういえば、初心者講習を受けたとき、担当の先生が言ってたな。

『該当しないランクの素材も買取しているが、昇格するためにも、冒険者資格やランクを維持するためにも、ギルド貢献ポイントを貯めなければならない』

あれって、このことだったんだ……。

さらに、受付嬢が耳寄りな情報を教えてくれた。

「戦闘能力が高くても、年齢制限で昇格できない子供たちは、ランクに見合った仕事でギルド貢献ポイントを貯めています。ポイントがたくさんあれば、十二歳になった時点で、半年に一度の昇格試験を待つことなく、Eランク昇格試験を受けられるからです。Eランク昇格後も、一年以上降格せずに活躍し、ギルド長の推薦を得られれば、十五歳になると同時にDランク昇格試験を受け、合格出来たらすぐにCランク昇格試験を受けて、最短で一人前の冒険者になることも不可能ではありません」

そんな裏技があるなんて知らなかったよ！

「参ったな。俺、Eランクに昇格したら、子供たちと一緒にGランクの仕事を受けられませんよね？　報奨金はいらないんで、Fランクに戻れませんか？」

思わずそう尋ねると、受付嬢はますます困った顔で笑う。

「降格を希望されたのは初めてです。Fランクに戻らなくても、お子さんはみんな幼いので、特例で同じパーティーの保護者と一緒にGランクの依頼を受けられますよ」

「よかったぁー。うっかり昇格したばかりに、面倒なことになったかと焦りましたよ」

受付嬢は、無言で再び微妙な笑みを浮かべた。

ギルドの個室にいる間、子供たちは言いつけを守って静かにしていたが、さすがに退屈していたようだ。部屋を出た途端、同時にため息をついてぼやく。

「はぁーっ、やっとおわったー！」

「にゃがかったにゃん」

「もりはたのしいけど、かえったらたいへん……」

「ごめんね。今日は魔物を討伐したから、その分よけいに時間がかかったんだ。そろそろレッスンが始まる時間だから、第二訓練棟まで急ごう」

俺たちは昨日から、『護身格闘術』のレッスンを受けている。

入門コースのレッスンは全六回。

Gランクの子供たちは無料で団体レッスンを受けられるけど、大人は有料の個別レッスンしかないから、パーティーメンバー四人で個別レッスンを受けることにしたんだ。

今日も午後三時からの予約で、場所は冒険者ギルド本館の裏手にある、第二訓練棟のサブ競技場。

ここは三階まで吹き抜けの、土足で入る縦に長い体育館みたいな施設だ。二階に観客席もあるし。競技場と名付けるくらいだから、多分そういう催しもやってるんだろう。

俺はエントランスホールの受付カウンターでレッスン料を支払ってから、子供たちを連れてサブ競技場へ入った。

今日は入場が遅かったから、すぐに担当講師のドミニク先生がやってきた。

二年前に冒険者を引退して、ギルド職員になったドミニク先生は、元有名なAランクパーティーの盾役で、『鉄壁の魔漢《まかん》《アラカン》』という二つ名を持つ。今でもバッキバキに鍛えられたいい体をしていて、とても還暦前後には見えない漢《おとこ》ぶりだ。まさに『武人《ぶじん》』って感じ。

「おはようございます。今日もご指導、よろしくお願いします」

「「「よろしくおねがいします！」」」

「ああ。よろしくな」

挨拶を交わすと、ドミニク先生が渋い低音ボイスで言う。

「昨日は身体強化魔法を伝授したが、今日は実戦での知識と技術を伝授する。まず第一に、危険な敵から自分と仲間の身を守る上で、最も大切なことはなんだと思う？　ニーノ」

「危険な敵には絶対近寄りません！」

「対峙したときのことを聞いたんだが……シヴァはどう思う？」

「つよくなるー！」

「……まあ、それもアリだが。ラビは？」

「わ……わかんない……」

「キャティは？」

「にげるにゃんよ」

「正解。必ず逃げ道を確保して戦う。それが、危険な敵から自分と仲間の身を守る上で、最も大切なことだ。絶対勝てないと思ったら、迷わず仲間を連れて逃げろ。逃げるためには、そこがどんなところか、よく調べて知っておくことが大事だぞ。逃げる方向によっては、一般人を巻き込んで大変なことになるかもしれないし。逃げた先が行き止まりだと、敵に捕まってしまう。しかし、敵が入ってこれない場所や、身体強化を使えば飛び越えられる川や崖があると知っていれば、うまく逃げ切れるかもしれない」

　俺の場合は絶体絶命のピンチでも、結界を張ってやり過ごすなり、子供たちを連れて亜空間厨房に逃げ込むなりできるけどね。

でもそんなことは口が裂けても言えないから、黙って話を聞いていた。

「魔物はもちろん、盗賊――つまり、仲間がたくさんいる泥棒だ。武器を使って人を殺し、お金や宝物を盗んでいくこともある。そんな悪いことをする盗賊や、暗殺者《ころしや》などに襲われた場合は、自分や仲間の身を護るため、戦って返り討ちにする権利がある。しかし、そうできない相手に絡まれることもあるだろう。今日は人攫いや、ゆすりたかりが目的のならず者なのか、酔っ払いなのか、ほかに襲ってくる理由があるのか、よく判らない相手に絡まれたときの対処法を教える。まず、手首をつかまれた場合だ。ニーノ。俺の手首をつかんでみろ」

指示に従い、先生の手首をつかむと、先生の手が俺の手首の下を潜ってするりと抜けていく。

「えっ!? 今どうなったの!?」

「手首をつかまれた場合、相手の手の下側から自分の手を潜らせて、相手の親指が下を向くように捻ると、簡単に手を外すことができるんだ。やってみろ」

先生に手首をつかまれたので、言われた通りにやってみると、すんなり手を外せた。

「わっ、マジ!?」

「両手をつかまれても、同じようにすれば外せるぞ。ちびっ子たちもやってみろ。ラビ。

シヴァの手首をつかんでやれ」

手の大きさが違うから、子供は子供同士で組ませるんだね。

「ぅわんっ！　できたぁ！」

「上手いぞ、シヴァ。交代だ」

「ぼくも、できたよ！」

「ラビも上手いぞ。次はキャティだ。手首をつかむ役は、ラビがやってくれるか？」

先生、よくわかっていらっしゃる。シヴァは相手が三歳の女の子でも、手加減するような気遣いはできないからね。

でもラビなら――。

「キャティ。おててては、こっちから、こう」

「こうにゃん？　あっ、できたにゃん！」

「じゃあ、もういちど、やってみよう」

「こうして、こうにゃんよ！」

予想通りの展開で、ラビが上手に成功するよう誘導してくれた。

「おおっ、キャティも上手にできたな。よくやった」

先生に褒められ、キャティが誇らしげに胸を張って笑う。

「次は、いきなり手首をつかんで引っ張られたときの対処法だ」

先生がそう言って、俺の手首をつかんで引っ張る。

「ニーノも反対方向に引っ張ってみろ」

促されるまま引っ張ってみたが、身体強化していない俺の力じゃ、先生には敵わない。

「手をつかまれて引っ張られたとき、相手と逆方向に逃げようとしてはダメだ。腕が伸びた状態では力が入らないし、手が引っかかって、外れにくくなるからな。今度はニーノが俺の手首をつかんで引っ張ってみろ」

指示に従うと、先生が正しい対処法をレクチャーしてくれる。

「向かい合った状態で、左手で右手をつかまれた場合は、掌を下に向け、左足を一歩踏み出しながら、肘を相手のほうへグッと押し出す。すると自然に自分のほうへ腕が引き寄せられ、力が入れやすくなるから、相手の親指のほうに力を加えて隙間を作り、手首を抜いて素早く逃げるんだ。こんなふうに」

本気で力をこめて先生の手首をつかんでいたのに、めちゃくちゃ鮮やかに抜き取られてしまったよ。

見学している子供たちが、手を叩きながら歓声を上げた。

「うわん！　かっこいい！」

「しゅごいにゃん！」

「うん。せんせい、すごかった……」

みんな瞳をキラキラさせている。

「今度はニーノの番だ」

再び先生に手首をつかまれ、教わった通りにやってみると、すんなり手を抜くことができた。

「じゃあ、ちびっ子たちも、交代でやってみろ」

まずラビがシヴァの手首をつかみ、シヴァが掴まれた手を引き抜く。

「おおーっ、上手い上手い。動きのキレがいいぞ。次はラビだ」

ラビも呑み込みが早く、一度で手を引き抜くことができた。

もちろんキャティも、ラビに教えてもらいながらだけど、成功したよ。

後ろから手首をつかまれた場合も、身体の向きを変え、相手と正面から対峙すれば、あとは同じだ。

いろんなシチュエーションで練習し、みんな上手にできるようになった。

「次は肩に手をかけられたときの対処法を教える」

先生がそう言って、俺が先生に絡む役をやるよう促す。

「返すつもりなどないくせに、『金を貸してくれよ』と要求するならず者に、馴れ馴れしく肩に手をかけられたときは、自分の肩に置かれた手と、相手の背中に手を添え、素早く腰を落とし、相手の脇の下を潜って、相手を前へ押し出しながら、さっと後ろへ逃げろ」

先生がお手本を見せ、子供たちがパチパチと手を叩きながら歓声を上げた。

「脇の下や背中にいる者は捕まえにくいから、うまくやれば逃げられるぞ。ニーノもやってみろ」

先生と入れ替わってやってみたけど、確かに、前へ逃げるより、後ろへ逃げたほうが捕まりにくいかも。

うちの子たち、みんな奴隷商人に攫われるほど可愛いから、こういう知識はすごく役に立ちそうだ。

子供たちも遊び気分で、楽しそうに役柄を交代しながら練習し、先生に「上出来だ」と褒められて喜んでいる。

「次は、胸ぐらをつかんで因縁をつけられた場合の対処法だ。やり方はいろいろあるが、相手が素人なら、力を抜いて重心を落とし、腕を大きく内回しで、相手の腕に巻きつけるように、勢いよく振り払って逃げればいい」

先生の胸ぐらをつかむよう指示され、それに従うと、ビックリするほど簡単に手を外されてしまう。

「ニーノが一番、胸ぐらをつかんで因縁をつけられる可能性が高そうだから、しっかり覚えて練習しろよ」

そう言って先生が俺の胸ぐらをつかんだので、大きく腕をぶん回し、思いっきり振り払ってやったよ。

子供たちも順番にチャレンジして合格をもらい、両手で首を絞められたときの対処法も教えてもらった。

お祈りポーズで相手の腕の間に下から手を入れ、胸ぐらをつかまれたときみたいに、勢いよく上へ伸ばした両手を、左右に開いて振り払うんだ。

「次は後ろから首を絞められた場合の対処法だ」

先生がそう言って俺の手を取り、自分にヘッドロックをかけさせる。

「この状態で締められたときは、相手の手と肘を持ち、肘を持ち上げて前に押しやりながら、自分の首を後ろへ潜らせる。すると相手は後ろに手を捻られて痛い思いをするから、その間に逃げるんだ。練習では怪我しないよう、腕をひっくり返したらすぐ手を離すように」

全員が練習し、できるようになったところで先生が言う。

「ちびっ子が大人に襲われた場合は、上手く相手の肘を取れないかもしれない。そのときは、俯いて首をガードし、相手の腕にぶら下がりながら、身体強化した脚で後ろを蹴って攻撃し、痛みで相手の力が弱くなった隙に逃げる。大人もできる対処法だから、ニーノも身体強化抜きでやってみろ」

俺が身体強化を使ったら、いくら『鉄壁の魔漢』でも怪我させちゃうかもしれないから、

『やれ』と言われても怖くてできないよ。

　身体強化抜きでも、人を蹴るなんて俺には無理だ。

「そんなへなちょこキックで、ならず者が手を緩めると思ってるのか？」

「本当のならず者相手なら、魔法でガツンとやってやりますよ」

「……まあ、ニーノは魔法師だし。危険な敵には絶対近寄らないビビリだから、大マケにマケて、これくらいで合格にしといてやろう。次はシヴァだ。身体強化を使っていいから、頑張って抜け出してみろ」

　先生にヘッドロックされたシヴァは、俯いて先生の腕にぶら下がり、かぷっと牙を立てて噛みつく。

「反則だよ、シヴァ！」

　慌ててそう叫んだ俺に、先生が豪快に笑って言う。

「命のやり取りをしている最中に、反則なんて通用するか。ヘタレのニーノより根性があっていいぞ。この程度の噛みつきじゃ、どう頑張っても、身体強化した俺の腕には、歯が立たないだろうがな」

　先生の言う通りだったようで、シヴァは諦めて、前屈みで思いっきり足を振り上げ、振り子のようにバックキックを食らわせる。

　それでも先生には、ダメージなんて与えられなかったようだが——何度かそれを繰り返したところで、先生がシヴァを解放した。

「よく頑張ったな、シヴァ。次はラビだ」

ラビも俺同様、先生を蹴るのは抵抗があるらしく、へなちょこキックしか繰り出せない。

「もっと思い切って反撃しないと、逃げられないぞ。ラビが人質に取られたら、ニーノが戦えなくなるんだ。足手まといになってもいいのか？」

そう言われたら、健気なラビは頑張り始めた。

「ええーい！」

渾身のバックキックが極《き》まり——といっても、身体強化した先生はビクともしなかったけど——どうにか合格をもらえたよ。

「次はキャティだ」

「がんばるにゃんよ！」

勝気なキャティは、小さい体を必死に動かして先生を攻撃する。

「いいぞ、キャティ。よく頑張った。次は、後ろから羽交《はが》い絞めにされたときの対処法を教えよう」

これも俺が先生を羽交い絞めにして、先生が解説しながらお手本を見せてくれた。

なんと、万歳《ばんざい》してしゃがんですり抜けるんだ！　ギャグ漫画みたいで、顎が外れそう。

「羽交い絞め同様、後ろから腕ごと肘から上を抱え込まれたら、肩を竦《すく》めて腰を落とし、勢いよく腕を上げて振りほどく。逃げそこなったら、頭突きを食らわせるか、身体を斜めにずらして、肘打ちや手刀で相手の急所を攻撃して隙を作れ」

そう言って、先生が俺を背後から抱え込んだ。

「ええーっ。『鉄壁の魔漢』に身体強化なしで攻撃したら、俺が痛いじゃないですか」

「お前ホントにヘタレだな。つべこべ言わずにやれ」

仕方ないから、魔力で覆ったエアクッションでガードして頭突きを食らわせ、隙を作って脱出する。

「器用なことしたな、ニーノ。次はシヴァだ。俺が悪者役をするから、逃げそこなったら遠慮なく攻撃してこい」

身体強化なしだと、俺より子供たちのほうが遥かにすばしっこい。先生の手加減もあるのか、すり抜けることに慣れたのか、子供たちは一度でクリアできたよ。

腰の辺りを抱え込まれたシチュエーションでも練習して、レッスンは終了した。

「「「ありがとうございました！」」」


挨拶をして先生と別れ、第二訓練棟のエントランスに向かう。

「今日も休憩所でおやつを食べよう」

運動後は、筋肉痛や疲労回復のため、三十分以内に蛋白質《たんぱくしつ》を摂らなきゃね。

ってことで、飲み物は、召喚水で作った氷を入れた冷たいミルク。

そしてお菓子は――。

「じゃあ～ん！　焼きたて、ふわっふわのスフレチーズケーキだよ」

休憩所にはテーブルがあるから、カッティングボードに乗せてホールのまま持ってきたんだ。

「「わあっ！」」

歓声を上げる子供たちを微笑ましく思いながら、俺はふわふわのチーズケーキを温めたナイフで切り分け、小皿に載せて配っていく。

「さあ、食べよう。いただきます」

「「いただきます！」」

子供たちがフォークでチーズケーキを切り分け、一口目を口に入れた。

途端に笑顔がはじけて、感動の言葉がこぼれる。

「うわんっ！　あまいチーズのケーキ、おいしー！」

「にゃにゃっ！　ほんとに、ふわふわにゃん！　しゅごくおいしー！」

「おくちのなかで、とけちゃうね♪」

子供たちの美味しい笑顔を見ていると、心がほっこり温かくなるよ。

俺たちは屋台広場の近くにある、『猫の尻尾亭』に戻った。

ここは冒険者ギルド直営《ちょくえい》の宿じゃないから、少々割高だけど、一階に酒場がないので酔客《すいきゃく》に絡まれることもなく、子供連れには利用しやすい。

初日に一週間の予定で宿を取ったけど、予約した全六回の護身格闘術入門レッスンに合わせて、宿泊延長手続きをしている。

連泊している四人部屋は、壁際にベッドが並び、通路を隔てた反対側には人数分のクローゼットがある、寝に帰るだけの造りだ。

俺は子供たちと自分の冒険者装備を外して身軽になり、亜空間厨房のドアを開いた。

「はーい、みんな。お外から帰ったら、ハンドソープで手を洗って、うがいしてね。何なら、顔も洗っていいよ。タオルはここね」

召喚店舗倉庫は、日本製のタオルを毎日召喚してくれるけど、うがい薬はない。

だから、紅茶の中で一番ポリフェノールが多いアッサムティーを人肌に冷まして、レモン果汁をブレンドして作った。

ポリフェノールや、レモン果汁に含まれるクエン酸には殺菌作用があるし、うがい液を抽出した天の真名井の御霊水にはお清め効果があるから、きっと邪気を祓って、風邪を予防してくれるんじゃないかな？

シヴァはうがいするときに出る声が面白いらしく、ふざけて何か喋ってる。

「うがいで遊んでたら、うがい液を飲み込んじゃうよ」

うがい液はレモンティーだから、大人なら飲んでも問題ないけど、できれば子供たちには、十歳くらいまでカフェインを多く含むものを飲ませたくない。

先に手洗いうがいを終えた俺は、愛用のコックコートに着替え、夕飯の支度を始めた。

今夜のメインは、洋食屋ＮＩＮＯの人気メニューの一つ。ハンバーグステーキだ。

子供が大好きな食べ物ランキングでも必ず上位に入ってるから、きっとみんな喜んでくれるはず。

まずはみじん切りにした玉ねぎを炒め、魔道冷蔵庫で時間を進めて冷ましておく。

Ａ５ランク松阪牛の挽肉には、塩コショウをよく混ぜ込んで。

ボウルにパン粉と牛乳を入れ、しばらく浸して、ゴムベラで溶いた卵を混ぜ合わせ。

さらに挽肉、玉ねぎの順に加えながらよく混ぜ合わせ、隠し味に松阪牛の牛脂《ぎゅうし》を加える。

牛肉だけだと肉が硬くなりやすいけど、脂肪分を足してやれば、やわらかいハンバーグが作れるんだ。

タネを手でこねて粘りを出すと、崩れたり割れたりしにくく、しっとりジューシーなハンバーグが作れる。

でも、牛肉は脂が溶け出す温度が低いから、肉の脂が溶け出さないよう、冷水で冷やした手で、氷水でボウルを冷やしながら、手早くやるのがコツだよ。

油をつけた手で一人分ずつタネを取り分け、掌に叩きつけながら空気を抜いていると、椅子に座って興味深げに作業を見ていた子供たちが口々に言う。

「うわん！　おにーちゃん、たべものであそんでるー！」

「ダメにゃんよ！」

「……バチがあたるよ」

「ははは。これはハンバーグっていう料理で、焼いたときに、中の空気が膨らんで割れないようにしてるんだよ」

「へぇー」

「しょーにゃん？」

「……びっくり……」

子供たちの視線を浴びながら、俺は楕円形にしたハンバーグの真ん中を少し窪《くぼ》ませ、再び魔道冷蔵庫に入れ、一時間後にタイマーを設定しておく。

これでいつ扉を開けても、魔道冷蔵庫の冷蔵室は一時間後だ。

「先にサイドメニューを作っておくか」

ハンバーグに添える彩りは、定番の人参《にんじん》グラッセ。ガーリックブロッコリー。フライドポテト。

スープは、洋食屋ＮＩＮＯのブイヨンを使ったオニオンコンソメ。

パンは、スライスしたバゲットのガーリックトースト。

サラダは、レタスをクリーミーなドレッシングで和え、カリカリベーコンと、半熟のゆで卵、プチトマト、パルメザンチーズ、クルトンをトッピングしたシーザーサラダ。

食後のデザートは――さっぱりしたシャーベットか、フローズンヨーグルトがいいな。

レベル40で魔道冷蔵庫に増設された『アイスクリーム・シャーベット製造機』は、材料を入れ、『アイスクリーム』『ソフトクリーム』『イタリアンジェラート』『シャーベット』『アイスキャンディー』『フローズンヨーグルト』『フローズンドリンク』の中から選んでスイッチを押せば、待ち時間なしで希望の氷菓子が出てくる便利な代物《しろもの》だ。

サイドメニューができたところで、魔道冷蔵庫からハンバーグのタネを取り出し、薄く油を引いたフライパンを熱して、へこませたほうを下にしてタネを並べていく。

焼き色が付いたらひっくり返して焼き、少量の水を加えて蓋をし、じっくりと蒸し焼きにする。

「うわん！　いいにおい～！」

「おいししょーにゃん！」

「ごはん、たのしみ♪」

俺はハンバーグを焼きながら、ダイニングテーブルに色違いのプレースマットを敷き、カトラリーをセットした。

店で出すハンバーグは鉄板に載せているけど、子供たちが火傷するといけないから、盛り付けるのは普通のお皿だ。

ハンバーグを焼いたあとのフライパンでソースを作り、子供たちのハンバーグを食べやすい大きさに切って、見栄えよく盛り付けた。

子供たちはそれを見てそわそわしてる。

「ぅわん！　はやくたべたい！」

「ごはん、まだにゃん？」

「……においで、おなかすいた……」

「もうちょっと待ってね」

あんまり待たせちゃ可哀想だから、手早くデザート以外の料理を配膳した。

「お待たせ。ごはんだよ」

「「「うわぁーい！」」」

大喜びで歓声を上げる子供たち。

俺も自分の席に着き、みんな揃って、拝むように手を合わせる。

「「「「いただきます」」」」

早速シヴァが、満面の笑みを浮かべてハンバーグを口に入れ、ビックリ顔でモグモグして言う。

「ハンバーグ、すっごくおいしい！　これだいすき！」

シヴァは言葉より、高速回転している尻尾のほうが雄弁だね。

キャティはニッコニコでほおばって目を細め、愛らしくほっぺを押さえている。

ラビもうっとり味わってから、嬉しそうに呟く。

「ふつうのおにくより、やわらかくて、おくちにいれると、おにくのあじが、ジュワッてなるよ」

どちらかと言えば無口なラビが、精一杯の長台詞で感動を伝えてくれた。

「キャティも、ハンバーグ、だいしゅきにゃん！」

「きっと気に入ると思ってたよ。今日は『洋食屋《りょうりや》ＮＩＮＯ』っていう、俺の……俺が働いていた店で人気のハンバーグステーキを作ったんだ」

うっかり『俺の父さんの店』と言いかけたけど、親が消息不明の子供たちに、家族の話はできないよね。

「ほかにも煮込みハンバーグとか、和風おろしハンバーグとか、いろんなソースのハンバーグ。違う種類の肉や、魚を使ったハンバーグ。豆腐を混ぜたやわらかいハンバーグ。中にチーズや半熟ゆで卵を入れたハンバーグもあるし。パンにハンバーグを挟んだ料理もあるんだよ。今度は違う味のハンバーグを作ってあげるね」

「「うんっ！」」

付け合わせの野菜はもちろん、スープも、パンも、サラダも、みんな気に入ってくれたようだ。

モリモリ食べて満足したら、食後のお楽しみが待っている。

俺は作っておいた氷菓子を器に盛りつけた。

「デザートは、桃のフローズンヨーグルトだよ」

皮を剥いて角切りにした桃と、生クリームと砂糖とレモン果汁を混ぜたヨーグルトを、魔道具がトロトロになるまで攪拌《かくはん》し、混ぜ合わせながら冷凍したフローズンヨーグルトは、凍った果肉と凍ったヨーグルト、二つの食感が楽しめる。

子供たちは早速一口食べてから、幸せそうに笑って言う。

「ぅわん！　つめたくて、あまくて、おいしー！」

「キャティ、モモも、ヨーグルトも、だいしゅきにゃん！」

「ひやっと、とけちゃう……♪」

召喚されたばかりの頃は、腹立たしさと、やるせない孤独に苛《さいな》まれていたけれど、君たちがいてくれるだけで、俺はこの世界でも、心から笑って過ごせる。

君たちのために、美味しい料理を作り続けるよ。

食事を終え、魔道食洗器に後片付けを丸投げしたら、子供たちをお風呂に入れる時間だ。

俺は椅子を魔法で浄化しながら壁際に寄せ、ダイニングテーブルを無限収納庫に仕舞い、一昨日買った陶器の置き型バスタブを取り出した。

この世界では、庶民は入浴する習慣がない。

冒険者ギルドの訓練場や、ギルド直営の宿には有料のシャワー室があるらしいけど、俺は風呂に浸かりたいから、置き型バスタブを買ったんだ。

楕円形で、大人が脚を伸ばせるサイズのバスタブだから、子供三人が一緒に入れる。

俺は魔道流し台のハンドシャワー水栓を引き出し、バスタブに湯を張りながら言う。

「みんな。服を脱いで、お風呂に入ろうね」

装備品の脱着はちょっと難しいけど、普通の服なら、みんなもう一人で着替えられる。

キャティはまだ、紐を結んだり、留め具を嵌めたりするのが苦手だけど、脱ぐだけなら問題ない。

もともと親と風呂か温泉に入っていたらしいシヴァは、さっさとすっぽんぽんになって、自分でバスタブに入っている。

「おにーちゃん。せっけんちょうだい」

シヴァが石鹸《せっけん》を欲しがるのは、泡立てて遊ぶためだ。

俺は町の雑貨屋で買った、固形石鹸の欠片《かけら》を一つ手渡した。

「ラビもはやくおいでよ！」

「うん」

ラビも服を脱いでバスタブに入り、シヴァと石鹸を泡立てて遊んでいる。

「じゃあ、今日はキャティから髪を洗うよ。一昨日はベルガモットの香り、昨日はバラの香りの石鹸だったから、今日はジャスミンの香りにしようか」

「これも、いいにおいにゃんね」

俺はお湯が耳に入らないよう気を付けながら髪を洗い、仕上げにリンスしてあげた。

といっても、この世界にリンスはないから、除菌消臭効果のあるクエン酸と、保湿効果のあるトレハロースっていう甘味料を入れた、ローズヒップティーを使っている。

キャティの髪は長いから、洗い髪をタオルドライして、乾いたタオルで包んでおく。

「はい、交代。次はシヴァだよ。ラビはその間、キャティと遊んでて」

子供たちの髪を洗い終わる頃には、バスタブの中は、洋画のバブルバスみたいに泡だらけになっていた。

「みんな頑張ったねぇ。でも悪いけど、泡遊びはもう終わり。お湯を捨てるよ」

「「えーっ！」」

「こんなに上手に泡を作れるんだから、そろそろ体の洗い方を教えてあげる。自分一人で体を洗えるようになったら、カッコいいよ」

「かっこいい？」

シヴァがそのフレーズに心を震わせたようだ。

「カッコいいよ。誰が一番上手に洗えるかな？」

「きょーそーしゅるにゃんよ！」

ライバル心を煽ったら、キャティも釣れた。

「ほくも、がんばる……」

二人がやるなら、ラビもやるよね。

「じゃあ、タオルに石鹸をつけて、よく泡立ててから、体をゴシゴシするんだよ。背中はタオルの端を両手で持って、こうすれば洗えるからね」

「「「はーい！」」」

狭いバスタブの中で、子供たちは引っ付き合って体を洗い始めた。

でもシヴァは大雑把だから、狭くても気にせず体を動かしている。

「にゃっ！　みじゅがかかったにゃんよ！」

「ごめん」

この状態で、三人一緒に体を洗うのは難しいかな？

できれば、洗い場があるといいんだけど……。

「そうだ！　《リフト》《バスルーム》」

俺はバスタブを僅かに持ち上げ、周囲に結界を張った。

土魔法を併用した石英タイルの、排水口付き二段結界だ。上段は人が出入りでき、下段は排水口からの水受けタンクで、下段に流れた水はゴミ箱へ転送される仕様になっている。

「洗い場を作ったから、バスタブから出て身体を洗えるよ」

みんなが洗い場へ出て体を洗っている間に、俺はバスタブを洗って、ダブル水栓で風呂の湯を張り直し、子供たちの体をシャワーで洗い流した。

「さあ、もう一度お風呂に入って、二十数えてね。お風呂から上がったら、レモネードをあげるよ」

まずは数の数え方を教えて、ゆくゆくは読み書き計算を教えてあげたい。

だから俺は、一から順に数を数え、子供たちに復唱させた。

「はい。よくできました。洗い場に出て、タオルで体を拭いてね」

俺は無限収納庫からタオルを取り出して子供たちに渡し、バスタブを無限収納庫に仕舞って、結界で作った棚の上に着替えを並べていく。

「キャティは髪を乾かすから、おいで。シヴァとラビは、髪をタオルでよく拭いて、服を着てね」

俺はドライヤー魔法で子供たちの髪を順番に乾かし、着替えの仕上がりをチェックする。

「よし。みんなＯＫ」

結界を消し、ティーテーブルと椅子を出して、冷えたボトルとコップを取り出すと、子供たちが嬉しそうに笑う。

「はい。冷たいレモネードだよ。飲んだら、歯を磨いてね」

歯磨きが終ったら客室へ移動し、魔法で寝具を浄化してから、子供たちをベッドで寝かしつける。

今日もみんな、採取やレッスンを頑張ったから、横になるとすぐ眠ってしまった。

「さて。俺も風呂に入って、洗濯しながら、明日の弁当とおやつを作るか」

受付嬢に釘を刺されたから、明日はＧランクの仕事を受けなきゃね。

「今日もいろいろあったけど、明日は何があるのかな？」

最悪の不運でしかなかった異世界暮らしを、今は『楽しい』と感じている。

俺は独りじゃないから、笑顔で生きていけるよ。

3．Gランク冒険者の仕事

いつもの時間にスマホの振動で目を覚ました俺は、そーっと亜空間厨房へ移動して、朝食作りに取り掛かる。

「瀬戸内のマダコがあるから、今日はたこ飯《めし》を作ろう」

瀬戸内はマダコの名産地で、エビやワタリガニ、貝類を食べているマダコは、ほんのり甘みがあって美味しいんだ。

お米は、炊き込みご飯がきれいに仕上がる『ひとめぼれ』にしよう。

俺は茹でたマダコの足を食べやすい大きさに切り、醤油・本みりん・酒で煮た。

旬の枝付き枝豆も、塩ゆでにして、莢《さや》から取り出しておく。

材料が用意できたら、洗ったお米と、マダコ、枝豆、千切り生姜《しょうが》、霊峰富士の女神水を使った合わせ出汁、醤油、酒、塩を魔道炊飯器に入れてスイッチを押す。

「味噌汁の具は、旬のナスビとオクラにしよう」

イチョウ切りのナスと小口切りのオクラをごま油で炒め、ナスがやわらかくなるまで合わせ出汁で煮て、味噌を入れて火を止め、無限収納庫に仕舞う。

「おかずはやっぱり、肉じゃがだよね」

牛肉、豚肉、鶏肉、どれで作っても美味しいけど、初めて子供たちに食べさせる肉じゃがだから、俺の『おふくろの味』の豚肉で作ることにした。

使うのは、旨味たっぷりの黒豚バラだ。

豚バラは高カロリーだけど、ビタミンB1が豊富で、疲労を回復し、身体を元気にしてくれるんだ。身体強化や身体機能向上も付与されるよ。

人参は、調理する前に電子レンジで加熱すると、甘みが増して美味しくなる。

コクのある豚バラも、やわらかく煮たほくほくのジャガイモも、しんなりした玉ねぎも、ほんのり甘い人参も、味が染みたしらたきも、すっごくおいしくて。よく母さんに肉じゃがをリクエストしたっけ。

「あと、キャティが好きな魚料理も入れないと。今日はスズキの塩焼きにするか」

出世魚のスズキはどんな味付けにも合う白身魚で、夏は脂が乗って美味しい。

「みんなが好きな出汁巻き玉子も作ろう。いつもと趣向を変えて、あんかけにしてもいいな。赤と黄色のミニトマトがあるから、漬物は、キュウリとミニトマトの浅漬けだ」

ご飯と香の物――浅漬けはカウントしないから、これで一汁三菜だよ。

デザートは、夏の定番和菓子に決めた。

「「おはよう、おにいちゃん」」

今日も匂いにつられて起きてきた男の子たちが、嬉しそうに鼻をヒクヒクさせて言う。

「「いいにおいー！」」

「ごはんもうすぐできるから、顔を洗って、キャティを起こしてね」

「「うんっ！」」

子供たちが朝の支度をしている間にデザートを作り、配膳を済ませる。

今日はキャティが俺の隣で、シヴァが向かい。ラビがはす向かいの席だ。

子供たちが席に着き、輝く瞳でテーブルの上の料理を見て言う。

「うわんっ！　きょうも、おいしそう！」

「いろいろあるにゃん！」

「うん。たのしみ♪」

俺は頬を緩めて朝のメニューを告げる。

「これはたこ飯。味付けしたマダコと枝豆の炊き込みご飯だよ。味噌汁の具はナスとオクラ。このおかずは肉じゃが。こっちは出汁巻き玉子の茸あんかけ。これはミニトマトとキュウリの浅漬け。今日もしっかり食べて、元気にお仕事しようね」

「「「うんっ！　いただきます！」」」

「はい。召し上がれ」

子供たちは早速たこ飯を食べ、満面の笑みを浮かべて言う。

「「「おいしー！」」」

「気に入ってくれたならよかった」

愛らしい笑顔と尻尾に笑みを誘われながら、俺も「いただきます」と手を合わせてたこ飯を味わう。

うん。ぷりっぷりのマダコがめちゃくちゃ美味しい！

「わんっ！　おにーちゃん！　これっ！　にくじゃが！　すっごくおいしい！」

「キャティも、これ、しゅっごく、しゅきにゃんよ！」

「ぼくも！」

予想通り、肉じゃがは子供たちに大好評だ。

「おしゃかにゃも、おいしー！」

「わんっ！　だしまき、おいしい！　だしまきだけのもすきだけど、あんかけもすき！」

「とろっとして、おいしいね」

「うん！　だしまきも、おいしーにゃん！」

彩りのいい夏野菜の浅漬けも、味噌汁も、みんなニコニコしながら食べている。

こんなに美味しそうに食べてくれたら、作り甲斐があるよ。

きれいに完食したら、テーブルの上を片付けてデザートを出す。

「今日の朝ご飯のデザートは、水まんじゅうだよ」

水まんじゅうは、葛粉《くずこ》で作ったプルプルの饅頭《まんじゅう》の中に、餡子玉《あんこだま》が入っている和菓子だ。

「シュライムみたいにゃん！」

「ホントだ！」

「ぷるぷる……」

カットした桃を入れたゼリーを出したときは、匂いで甘いものだと判っていたシヴァ以外、困惑してビビってたけど——今日はキャティもラビも楽しそうに笑ってる。

もちろんシヴァもいい笑顔だ。

「指でツンツンしちゃダメだよ、シヴァ。和菓子切りのフォークで、一口ずつ切って食べてね」

二又フォークを手にしたシヴァは、「とぅっ！」と言いながら水まんじゅうを真っ二つにした。スライム討伐ごっこかな？

「と……とうっ！」

ラビまで真似してるよ。可愛いなぁ……。

思わず笑みを誘われていると、キャティが二人に冷めた目を向けた。

「おこしゃまにゃんね」

いやいや、君が一番年下のお子様だからね。

食事を終えて、軽装のまま宿を出た俺たちは、今日は森ではなく、冒険者ギルドへ向かった。

依頼を張り付ける掲示板を見て、割のいい仕事を探すのは初めてだ。

朝の冒険者ギルドは、掲示板の周囲がとても混雑している。

「えーっと、Gランクの依頼はあっちか」

ランクごとに張り出すスペースが分かれてるから、俺は子供たちを連れて目当ての場所へ移動し、依頼内容を確認した。

『迷い猫探し。報酬、銀貨五枚。ギルド貢献ポイント1』

これは、すぐ見つかれば高めの報酬だけど、見つからなければ無駄足を踏んだ挙句、依頼失敗となるかもしれない。

『鳥猟犬の散歩。一日二回。朝五時から九時までの間と、夕方五時以降。一回一時間程度。報酬、一頭あたり銀貨一枚。ギルド貢献ポイント1』

朝だけならいいけど、夕食の準備をしてないから、二回セットなら今日はムリだ。

『ルジェール村の郵便配達。報酬、半銀貨1枚。配達量に応じて追加報酬あり。ギルド貢献ポイント2』

ギルド貢献ポイントは倍だけど、基本報酬が低くて、仕事量と報酬の総額が予想できないな。

『街道の清掃。朝十時から昼二時まで。報酬、一人銀貨二枚。ギルド貢献ポイント2』

『街道の清掃。夕方四時から夜八時まで。報酬、一人銀貨二枚。ギルド貢献ポイント2』

『街道の清掃。翌朝六時から十時まで。報酬、一人銀貨二枚。ギルド貢献ポイント2』

これは時給五百円くらいで、ギルド貢献ポイントも倍だ。朝の依頼を受けてみるか。

『庭の草取り。朝六時以降で都合のいい時間。報酬、銀貨八枚。ギルド貢献ポイント1』

これは庭の面積は書いてないけど、収穫魔法を応用すれば、割りの悪い仕事にはならないだろう。

俺は『庭の草取り』と『街道の清掃。翌朝六時から』の依頼票を取って、子供たちとともに受付窓口へ行き、受付嬢に声をかけた。

「すみません。Gランクの子供たちと一緒に、この依頼を受けたいんですけど」

「かしこまりました。こちらにパーティー名と、メンバーの名前を記入してください」

二枚の受注票に必要事項を記入すると、受付嬢は、仕事に対する当たり前の注意事項を念押しして、依頼人の住所氏名と地図が書かれた用紙とともに、受注票を渡してくれる。

受注票には、ルジェール冒険者ギルドの印の下に、担当受付嬢のサインがあった。

（この受付嬢、パメラさんっていうんだな）

「仕事が終わったら、必ずこちらに依頼人のサインをもらってきてください。サインがなければ、依頼完了手続きができません」

「解りました」

「では、頑張ってくださいね」

パメラさんに見送られ、俺は子供たちを連れて、依頼人のお宅へ向かった。


地図に書かれていた目的地は、静かな裏通りにある瀟洒《しょうしゃ》な門の大きな家だ。

三階建て――いや、屋根裏を含めて四階建てかな？

庭は予想以上に広く、色とりどりの花木や草花が植えられている。

（見るからに裕福なお宅だな）

俺は門扉《もんぴ》を開けて玄関へ向かい、ペガサスを象ったお洒落なドアノッカーを鳴らす。

すると――。

「うわん！　めがひかった！」

「にゃっ！　にゃにこれ!?」

「びっくりしたぁ……」

「ペガサスの瞳に嵌まってる石、魔石みたいだね。このドアノッカー、魔道具かな？」

さほど大きな音はしなかったのに、すぐに家の中から「どちら様ですか？」と誰何《すいか》の声が聞こえた。

「冒険者ギルドから、庭の草取りの依頼を受けてきました」

訪問理由を告げると、すぐにドアが開いて、現れたのは上品な奥様らしき美女だ。

「初めまして。冒険者パーティー『ニーノファミリー』のリーダー、ニーノです」

「シヴァです！」

「ラビです」

「キャティにゃん！」

挨拶すると、その美女が困惑顔で呟く。

「あら……大人もいる冒険者パーティーなのね。わたくし、仕事を必要としている孤児のために依頼したのだけど……」

「この子たちは孤児ではありませんが、俺も含めて、誘拐されて家族のもとへ帰れなくなった者のパーティーです。奥様のご意向にそぐわないでしょうか？」

「いいえ、そんなことないわ。依頼を受けてくれてありがとう。わたくしが草取りの依頼を出した、オレリア・ボナールです。この庭の草花や花木は、わたくしが丹精《たんせい》込めて育てたものなのよ。植えている草花を抜かないように気をつけて、こういう雑草だけを抜いてほしいの」

手入れされてる庭だから、抜くべき雑草は、ちまちました生え始めのものだ。

「判らないことがあったら、そこにいるから、気軽に声をかけてね」

オレリアさんは、テラスで花を愛でながら、こちらの様子を見守るつもりらしい。

(魔法でやればすぐ終わるけど、奥様が見てるし。これはＧランクの子供たちの仕事だから、四人で地道にこつこつ抜いていくか)

ギルドで注意されているので私語を慎み、子供たちが間違えないよう監督しながら、丁寧に草を抜いていく。

ときどき休憩がてらボトル入りの麦茶で水分を補給し、三時間ほどで草取りが終わった。

オレリアさんは、テーブルセットの椅子に座って俯いている。

(転寝《うたたね》でもしているのかな?)

俺は子供たちとともに、オレリアさんがいるテラスへ向かった。

「奥様。草取りが――」

声をかけると、オレリアさんがハッと顔を上げて視線をよこす。

その顔は、深い悲しみに濡れていた。

「どうなさったんですか?」

驚いて尋ねると、困ったように口ごもる。

彼女の手は、枯れた植物の鉢を大切そうに抱えていた。

「その植木鉢……どうしたんですか？」

オレリアさんは自嘲するような笑みを浮かべて言う。

「これは……亡くなった娘が品種改良して、わたくしの誕生日に贈ってくれた、思い出のバラを植えていた鉢なの。とても大事にしていたのに、突然枯れ始めて……病害虫が原因ではなさそうだし。根づまりしているのかもしれないから、少し大きな鉢に植え替えてみたのだけど……やっぱりダメみたい。こうなってしまうと、もう諦めるしかないわね……」

諦めるしかないと言いながら、諦めきれずにいるんだろう。

俺だって、家族や友人の写真が入っているスマホを、たとえ電源が入らなくなっても、諦めて捨てることなんてできない。

（召喚水って、植物には効果ないのかな？）

【後方羊蹄《しりべし》山《やま》の神の水《カムイワッカ》】には、植物の女神《イカッカラカムイ》の守護がついている。

運二倍効果を付与できる【弁天池の延命水】には、若返り効果や延命長寿効果がある。

二種類の水を混ぜれば、おそらく料理スキルで魔法が付与されるはず。

「すみません。ジョウロをお借りできますか？」

「……ええ。これでいいかしら？」

「はい。お借りします」

俺は無限収納庫から、お湯入りボトルと冷水入りボトルを取り出し、両方ジョウロに入れて混ぜ、水温を調節する。

それを見ていたオレリアさんが、驚いた顔で俺に問う。

「あなた……アイテムボックス持ちなの？」

「ええ。この水は、回復効果があると言われている湧き水です。時間停止のアイテムボックスに入れていたので、汲《く》み立てですよ。諦める前に、この水をかけてみてください」

「水をかけたくらいで、回復するとは思えないけど……」

オレリアさんは諦めと微かな期待に心を揺らしながら、枯れたバラの鉢に水をかけた。

「……嘘でしょう？」

枯れていたバラの根元から新しい芽が出て、すくすくと成長し、葉が茂っていく。

「うわん！　バラがいきかえった！」

「しゅごいにゃん！」

「びっくり……」

みんな驚いているが、俺だって、まさか本当に甦るとは思わなかったよ。

急成長したバラの若苗は、一つだけ小さな蕾をつけた。

それがどんどん大きくなって綻び、美しい大輪の花を咲かせる。

ピンクと紫のグラデーションカラーの、とてもきれいなバラだ。

驚きに見開かれたオレリアさんの瞳から、大粒の涙が零れ落ち、堰《せき》を切ったように言葉があふれだす。

「……ああ！　また、このバラが咲くなんて……わたくし、夢を見ているの？」

濡れた瞳は歓喜に輝き、わななく唇は笑みの形に綻んでいる。

「……本当に、夢みたいな奇跡ですよね。俺はこの奇跡を手に入れたい奴らに攫われて、ようやくこの国へ逃げてきたところなんです。どうかこのことは誰にも言わず、奥様の心の奥にしまっておいてください」

ハンカチで涙を拭ったオレリアさんは、真摯な瞳で俺を見て頷く。

「解りました。このお礼に、わたくしは何をしたらいいかしら？」

「秘密厳守と、今後も亡くなった冒険者の遺児たちのために、Gランクの仕事を依頼してください。それだけで充分です」

「約束します。わたくしは、これからも未来の冒険者たちを支援すると」

俺はオレリアさんに依頼達成のサインをもらって、子供たちを連れてボナール邸をあとにした。

次の行き先は、猫の尻尾亭。

中途半端に時間が余ったから、たまには宿でのんびりするのもいいよね。

宿に帰った俺たちは、客室へ入ってすぐ、亜空間厨房に移動した。

「今日はベッドでお昼寝するから、まずお風呂だよ」

俺はダイニングテーブルを仕舞って、バスルーム結界を張り、結界内に置き型バスタブを設置する。

ダブルシンクの水栓は、一つはバスタブの湯張り用。一つは洗い場の結界壁に、フックっぽい結界で固定して使う事にした。

ますます『バスルーム』らしくなって、我ながらいい仕事したと思うよ。

「今日は自分で髪を洗う練習をしようね」

「「はーい！」」

「髪は濡れると絡まりやすくなるから、まずブラシで髪を梳いて、埃《ほこり》や汚れ、抜け毛や絡まりを取っておくんだよ」

ブラシは人数分買っているから、みんなで髪を梳いて準備を整えた。

「髪を洗うときは、まず、髪をすすいで濡らしてから、よく泡立てた石鹸を髪につけて洗うの。実際にやって見せるから、よく見てて」

俺は自分の髪を洗いながら、子供たちに説明する。

「手は物をつかむときみたいな感じで、爪は立てないで。髪を洗うというより、頭の皮を洗うの。指の腹でさするように優しくね。泡が目に入らないよう、しっかり目を瞑って、髪が生えてるところとおでこの境目や、耳の周りや首の後ろもしっかり洗うんだよ」

洗い終わったらしっかりすすいで、リンスして。

「リンスのあとは、髪を絞って水気を切って、乾いたタオルで水気を拭き取るの。ごしごし拭いたら髪が痛むから、タオルを髪に押し当てるように、優しくね。今やって見せたように、一人ずつ洗ってみようか」

「はいっ！　おれやる！」

「じゃあ、シヴァが髪を洗っている間、ラビとキャティはお風呂で遊んでて」

「「はーい！」」

良い子のお返事をした二人は、使い切りサイズにカットした石鹸を持って湯船に浸かった。

シヴァは洗い場のシャワーを捻って、豪快に頭を突っ込み、髪を濡らして、ブルルッと大きく頭を振る。

「わっ！　雫が散るからブルブルしないで、ちゃんと手を使って水気を切ってね」

「はーい」

返事はいいけど、その顔は反省してないな。

シヴァは楽しそうに石鹸を取って、モコモコと盛り上がるまで泡立てた。

きめ細かく濃密な泡は、全立てのホイップクリームみたいだ。

それを頭につけて髪全体にもみ込み、頭頂部を逆立てて言う。

「みてみてー！　ツノー！」

「ふざけてたら、泡が目に入るよ」

「だいじょー……ぅわん！　めにはいったぁ！　いたいよ～！」

「あっ、石鹸がついた手で目を擦っちゃダメだよ。洗ってあげるから、こっち向いて」

ラビは湯船の中で心配そうに、シヴァの様子を見ている。

「だいじょうぶ、シヴァ？」

「ふじゃけるからにゃん」

キャティは呆れ顔でそう言った。女の子のほうが精神年齢高いのかもね。

シヴァが一番子供っぽくて世話が焼けるけど、手がかかる子も、大人しい子も、おませな子もみんな可愛い。

俺はシヴァの髪の泡を洗い流して、しばらく目を洗ってあげた。

「もう大丈夫かな？　リンスして、ラビと交代しようか」

ラビは大雑把《おおざっぱ》なシヴァと違って、周囲に水を散らすようなことはしない。

石鹸も、シヴァほど夢中で山盛りモコモコさせず、適量を上手に泡立てた。

洗い方も、水や石鹸の泡が長い耳や目に入らないよう、慎重に、丁寧に洗っていく。

すすぎもタオルドライも完璧だ。

「上手に洗えたね。次はキャティの番だよ。髪が長くて大変だけど、頑張ろうね」

「うんっ！」

キャティが作る泡は、男の子たちが作る泡より緩いけど、髪を洗うには十分だろう。

俺は洗い残しがないかチェックしながら見守って、ときどき声をかけて注意する。

リンスまで終わったら、タオルドライを手伝う態で、水魔法で余分な水分を吸い取り、乾いたタオルで髪を包み込む。

「よし、OK。じゃあ、すこしお風呂で遊んでおいで」

俺はその間に身体を洗い、シャワーを終えて髪を乾かし、コックコートに着替えた。

「みんなも順番に身体を洗ってね」

子供たちに声をかけると、またしてもシヴァが主張する。

「おれ、いちばんあとがいい！」

「はいはい。シヴァが最後ね。ラビが一番でいいかな?」

「うん」

ラビはキャティの世話を焼いてくれるし。三歳児を一人で風呂遊びさせるわけにはいかないから、この順番がベストだろう。

ラビが体を洗っている間に、俺は結界の棚を作り、きれいな籠を三つ置いて、着替えと乾いたタオルを入れていく。

ラビが体を拭いて髪を乾かしている間に、キャティが体を洗って。

キャティが身繕いしている間に、シヴァもシャワーを終えた。

俺は泡だらけのバスタブを洗って無限収納庫に片づけ、結界を解き、亜空間厨房を元に戻して言う。

「風呂上がりの飲物は、午前のおやつを兼ねて、クリームソーダだよ」

無限収納庫から取り出したのは、ヴェルジェーズ天然強炭酸水を使った、スタンダードな緑色のクリームソーダだ。召喚された天然炭酸水には、細胞の若返り効果やデトックス効果、治癒力・免疫力・新陳代謝上昇効果があるから、入浴効果を底上げできるはず。

それに何より、夏の風呂上がりのアイスクリームは美味しいんだよね。

「「「うわぁ！」」」

ダイニングテーブルを囲む子供たちの歓声を聞いて、ふと、子供時代の俺と、弟妹の姿が脳裏をよぎる。

幼い頃の俺たちは、クリームソーダと、お子様ランチが大好きだった。

子供の好物がワンプレートに盛り付けられて、旗が立ってるだけなんだけど、すっごくワクワクしたんだよ。

（この子たちにも、お子様ランチ、食べさせてあげたいな）

昨夜作った弁当は、無限収納庫に仕舞っておけば、いつでも必要なときに食べられるし。

今日は昼食を作る時間があるから、お子様ランチを作ろう。

クリームソーダを飲み終えた俺は、張り切って厨房に立ち、手早く料理を始めた。

チキンライスに薄焼き卵を巻いて、ケチャップをかけたオムライス。

添え物のナポリタン。ミートボール。エビフライ。タコさんカニさんウインナー。

魚好きのキャティのために、太刀魚のフライもオマケして。

アイスクリームディッシャーで盛り付けたポテトサラダ。

彩りにプチトマトや茹でブロッコリーを使って。

デザートは、カラフルスプレーをトッピングしたホワイトチョコバナナ。

チョコレートは、コーヒーやお茶と比較すると、カフェイン含有量はかなり少ない。

カカオマスを使わないホワイトチョコに至っては、問題にならないくらい微量だから、幼児でもちょっとくらいなら食べても大丈夫だ。

できた料理をワンプレートに盛り付けて、オムライスに旗を立てたら出来上がり。

「今日のお昼ご飯は、お子様ランチとコーンスープだよ」

「うわん！　ハタがたってる！　かっこいい！」

「おいししょーにゃん！」

「すきなもの、いっぱい！」

目を輝かせて喜ぶ子供たちの耳も尻尾も、そわそわと忙しない。

気持ちはよく解るよ。だってお子様ランチは、子供のロマンだもの。

自分の好きなものから食べ始めた子供たちが、満面の笑みを浮かべて言う。

「「「おいしー！」」」

料理を口にする度に、みんなの笑顔がはじけて、俺も自然と笑顔になった。


食事のあとは、客室のベッドでお昼寝だ。

森の木陰や花畑で昼寝するのも風情があるけど、やっぱりベッドのほうが落ち着くよ。

一時間ほど昼寝して、仕掛けておいたスマホのアラームで目覚めた。

「みんな。起きて。ドミニク先生のレッスンに行く時間だよ」

ピクピクッと犬耳が動き、パチッと目を開けたシヴァが元気よく身を起こす。

「うわんっ！　レッスン！」

シヴァはレッスンが楽しみなんだね。

ラビはまだ眠そうに目を擦りながら起きたけど、キャティは聞こえてないの？

それとも、まだ寝ていたいから、聞こえないふりをしているのかな？

「キャティだけ、宿に残ってお昼寝する？」

「いやにゃん！」

なんだ。やっぱり聞こえてたんだ。


俺たちは装備を身に着け、冒険者ギルドへ向かった。

まずは受付窓口で依頼達成報告をして、第二訓練棟へ移動する。

施設利用手続きをして、サブ競技場で昨日の復習をしながら待っていると、ドミニク先生がやってきた。

「待たせたな。今日もよろしくな」

「「「よろしくおねがいします」」」

挨拶を終えると、三回目のレッスン開始だ。

「昨日はおかしなヤツに絡まれたときの逃げ方を教えたが、今日は逃げるついでに、敵にダメージを与えて足止めする方法を教える。まずは手をつかまれた場合だ」

今回も俺がお手本の相手に呼ばれ、先生が実演しながら解説してくれる。

「やり方はいろいろあるが、ちびっ子が大人に絡まれた場合は、まず相手の手に力が入らなくなる角度で前へ踏み込み、身体強化でジャンプして、下から思いっきり掌で顎を打て。顎は人の体の急所だから、強いダメージを与えられる」

スローモーションの実演は、まったく力が入ってないけど、先生の手の動きに合わせて、俺も顔をのけぞらせた。

「攻撃が顎に当たった場合、敵は脳みそを揺さぶられて、目を回して起きられなくなったり、気を失ったりするんだ。後頭部に手が届けば、上から押さえて、ボディに蹴りを入れてもいい」

そこで先生は、場所を指し示しながら説明を続ける。

「効果的なのは鳩尾。ここを攻撃されると、息が苦しくなる。喉仏や人中も、同じような効果があるぞ。耳の後ろの骨や蟀谷《こめかみ》を攻撃されると、平衡感覚が狂う——つまり、身体がグラグラして立っていられなくなる。敵が男なら、股の間の大事なところも急所の一つだ。相手が人攫いや盗賊、暗殺者《ころしや》なら、自分と仲間の命を守るために、迷わず攻撃しろ。でも、絶対に、遊びでふざけて急所を攻撃するんじゃないぞ」

「「「はい！」」」

先生は身体強化して不審者役を務め、俺たちはいろんなシチュエーションで、反撃の仕方を習った。

カッコよくなりたいシヴァは、昨日以上にやる気満々だ。

勝気なキャティは、シヴァに対抗心を燃やして頑張ってるし。

大人しいラビでさえ、二人に後れを取るまいと、必死で訓練している。

「みんな、幼児とは思えない攻撃力だな。すばしっこくて、スタミナもある。将来きっと強くなれるぞ」

褒められた子供たちは、胸を逸らして得意げに笑った。

「それに比べてニーノ。お前、逃げるのは上手くなったが、攻撃はダメダメだな」

そんなこと言われても――平和な日本で生まれ育った料理人に、人体急所への物理攻撃なんて、できるわけないじゃない。

「俺、暴力は苦手なんです」

「冒険者には、護衛依頼もあるんだぞ。盗賊や暗殺者に、そんな言い分が通用すると思ってるのか？」

「護衛依頼なんて、受けませんよ」

「護衛依頼の達成は、Ｄランク昇格試験の一つなんだが」

「昇格しなくていいです。採取専門のほうが稼げますから」

「……そういや、激レア茸や超激レア薬草、伝説級の珪花木まで採取してきた新人冒険者がいるって噂になってたが、アレはニーノか!?」

そんな個人情報、『はいそうです』と認めるわけにはいかないので、笑ってごまかした。

でも、完全にバレたな、これは……。

「まあいい。今日教えたことは、今後の仕事に役立ててくれ。解散」

「「「ありがとうございました！」」」

レッスンを終え、サブ競技場を出た俺たちは、シャワー室の隣にあるトイレを借りた。

庶民向けの宿のトイレは、チャンバーポットっていうおまるか、粉末スライムで固めて捨てるポータブルトイレなんだけど、冒険者ギルドのトイレは、水洗トイレの魔道具だったんだ！　歓喜のあまり心の汗が流れ落ちそう。

手洗い場の水栓も、水の魔石を使った魔道具だ。念のため食材鑑定してみたところ、魔法で出した水と同じ、若干魔力を含んだ純度の高い清潔な水だから、安心して使える。

俺たちは自前の石鹸で手を洗い、飲食可能なエントランスの休憩所へ移動した。

四人掛けのテーブルを囲んで座り、アイテムボックスから和菓子用の菓子箱を取り出すと、子供たちの期待の眼差しが箱に注がれる。

俺はおもむろに蓋を開けて見せた。

「じゃーん！　今日のおやつは、どら焼きだよ」

蛋白質を摂るために、飲み物は今日も召喚水の氷が入った牛乳だ。

どら焼きの匂いを嗅いだシヴァが、尻尾を高速回転させながら言う。

「うわんっ！　うれしいにおいがする！」

「アイシュクリームのにおいにゃん！」

「いいにおい～。あんこのにおいもする……」

キャティとラビも匂いを嗅いでうっとりしている。

「アイスじゃないけど、みんなが大好きなバニラビーンズ入りの生クリームと、こし餡が入ってるよ。さあ、召し上がれ」

「「「いただきまーす！」」」

子供たちはオープンパックに入ったどら焼きを手に取り、一口かじった途端、とろけるような笑みを浮かべた。

「「「おいしー！」」」

夢中でほおばる子供たちを微笑ましく見守りながら、俺もどら焼きを食べた。

うん。我ながら上出来。

「そんなところで、何してるんだ？」

突然、通りかかったドミニク先生に声を掛けられた。

「午後のおやつですよ。運動後、三十分以内に乳製品とか、肉や豆類を食べると、筋肉痛や疲労の回復効果があって、筋肉もつきやすくなるんです」

「そうなのか？　初めて聞いた」

「これはどら焼きっていう、俺の故郷のお菓子です。よかったら先生もおひとつどうぞ」

「ちょうど小腹が空いていたんだ。ありがたくいただこう」

「あっ、ちょっと待って。掌を上に向けて、両手を出してください」

俺の言葉に怪訝な顔をしながら、先生が両手を差し出す。

「《浄化消毒《クリーン》》。はい、きれいになりました。食べていいですよ」

「お前、浄化魔法が使えるのか。こういう奴がパーティーメンバーにいると、いろいろ助かるんだよな」

そう言いながら、先生がどら焼きを手に取り、大きな口でがぶっと齧った。

途端にカッと目を見開いて叫ぶ。

「なんだこれは⁉　こんな美味いもの、生まれて初めて食べたぞ‼」

「よかったら、冷たい牛乳もどうぞ」

「ぅおっ！　ドラヤキと牛乳、最高の組み合わせだな！　すごく美味い！」

「今は蛋白質を摂りたいから牛乳にしましたが、緑茶っていう、紅茶とは製法が違う、緑色のお茶との相性も抜群ですよ」

「たん……なんだって？」

「蛋白質。食べ物に含まれている、身体を作る栄養分です。俺の生まれた国には『医食同《どう》源《げん》』って言葉があって、バランスの取れた美味しい食事で、生活習慣で起きる病気を予防したり、治療したりできるんですよ。まあ……重症だと、薬じゃないと治せませんが」

「へぇー。ニーノは物知りだな」

「俺、本職は料理人なんです。食材や料理に関しては専門家ですよ」

栄養士の資格は持ってないけど、この世界では鑑定スキルがあるから、食に関しては、きっと誰よりも詳しいよ。

「なるほど。そういうことか……」

ドミニク先生は、もしかしたら、俺が言葉にしなかったスキルについて、薄々察したのかもしれない。

「じゃあ、俺はそろそろ行くわ。ドラヤキと牛乳、ありがとな」

俺たちは先生を見送ってから、おやつを終えて腰を上げた。


素泊まりのみで営業している『猫の尻尾亭』は、どちらかと言えば女性向けのきれいな宿だ。玄関には、鉢植えの花が飾られている。

それを見て、俺はふと今朝の出来事を思い出した。

(オレリアさんの娘さんが品種改良したバラ、きれいだったなぁ……)

俺は新種のバラなんて作れないけど、料理のバラならいくらでも作れる。

(今夜はバラづくしの料理にしよう!)

客室で装備を外して亜空間厨房へ移動し、俺は早速料理を始めた。

取り出したのは、フードプロセッサーで薄い半月切りにスライスした大根・人参・キュウリ・生ハム。

これを花びらに見立てて、色とりどりのバラの形に盛り付けるんだ。

「わんっ！　バラだ！」

「しゅごいにゃん！」

「きれい……」

子供たちの歓声を聞いて、思わず口元が緩む。

「驚くのはこれからだよ」

俺はハムや野菜で作ったバラを、レタスなどの葉野菜の上に盛り付け、赤・オレンジ・黄色・赤紫・緑のミニトマトを散らしていく。

「バラの花束サラダだよ」

「「「わぁっ！」」」

オードブルは、バラの形のエビ焼売や、バラの形のハムとチーズのパイにしよう。

スープも、バラを象った餃子入りだ。

冷やししゃぶしゃぶは、レタスの上に、豚肉で大きなバラを咲かせてみた。

ご飯ものは、バラを象った刺身と、金糸玉子、絹さや、イクラを使ったちらし寿司。

デザートは、生クリームのバラでデコレーションした焼プリン。

「うわんっ！　バラがいっぱい！」

「きれいにゃんね！」

「バラのおはなばたけみたい……」

「見た目だけじゃなくて、味も自信作だよ。準備できたから、ご飯にしよう」

バラづくしの華やかな夕食に、子供たちは大喜びだ。

はしゃぎながら料理を食べて、ますます嬉しそうに笑み崩れる。

「「「おいしー！」」」

それは俺を幸せにしてくれる魔法の言葉だ。

料理の道を志《こころざ》してよかった。心からそう思う。

◇◆◇

翌朝、俺はいつものようにスマホの振動で目覚め、亜空間厨房に移動した。

「今日は何を作ろうかな～。運アップ効果を狙うなら、ご飯物料理と味噌汁の和朝食が最強だけど、久しぶりにエッグベネディクトが食べたい気分かも」

ってことで、天の真名井の御霊水でドライイーストを溶かし、魔道餅つき機に材料を入れてスイッチを押す。

一瞬で捏《こ》ね上がるから、魔道具って便利だよね。

続いて、魔道スチームオーブンレンジの発酵モードで一次発酵。

成形して生地を湿らせ、コーンミールをまぶして、二次発酵。

スチームを入れて焼成《しょうせい》したら、イングリッシュマフィンの出来上がり。

こんがりトーストしたマフィンに、焼いた厚切りベーコン、アボカドディップ、半熟とろとろのポーチドエッグを載せ、オランデーズソースをかけて。

同じプレートに、ソーセージ、ハッシュドポテト、クレソン、プチトマトも盛り付けた。

「あとは、ジュースと、スープと、サラダと、デザートがあればいいかな」

朝食が出来上がった頃、子供たちも起きてきて、食卓に着いた。

「今日の朝ご飯は、エッグベネディクトと付け合わせのプレート、枝豆と豆乳のポタージュ、サーモンと夏野菜のサラダ、スイートキャロットとレモンのフレッシュジュースだよ」

料理を見た子供たちが、笑顔で尻尾を揺らす。

「エッグベネディクトは、イングリッシュマフィンっていうパンに、ポーチドエッグっていう半熟卵を載せた料理なんだ。このままじゃ食べにくいから、俺が切ってあげるよ」

まずは、隣の席のラビのポーチドエッグにナイフを入れると、切り口から黄身《きみ》がとろっとあふれ出す。

「うわん！　たまごの、きいろいのがでてきた！」

「おいししょーー！」

「とろとろ……♪」

「みんなの分を食べやすい大きさに切っておくから、先にスープやジュースを飲んだり、サラダを食べたりしててくれる？」

「「うんっ。いただきます」」

両手を合わせた子供たちが、早速ジュースで喉を潤す。

「わんっ！　ジュース、あまくておいしい！」

「ほんとにゃん！」

「スイートキャロットは、ニンジンのなかま？」

「それは、甘みが強くて美味しい人参の名前だよ」

「「へぇー」」

続いて、子供たちはフォークを手にして、サラダをほおばった。

「「おいしー！」」

「これ、キャティがしゅきなピンクのおしゃかにゃにゃん！」

「よくわかったね」

　俺が感心すると、キャティが得意げに笑う。

「スモークサーモンは、食べられる日にちを長くするため、塩漬けにした鮭を、木の屑《くず》を燃やした煙の中で乾かした食べ物なんだ。サラダの味付けは、オリーブオイルと酢に、ハーブやスパイスを混ぜたイタリアンドレッシングだよ」

　今度はポタージュを飲んだシヴァが言う。

「みどりのスープ、たこめしにはいってたマメだ！」

「当たり。これは枝豆をクリーム状にして、豆乳っていう、大豆からできたミルクを混ぜたスープだよ。豆乳に凝固剤《にがり》を混ぜると、豆腐ができるんだ」

「「へぇー」」

「切り終わったから、エッグベネディクトも食べてみて。これはスプーンでマフィンと具材と半熟卵をすくって、一緒に食べると美味しいんだよ。難しかったら、フォークも使ってね」

「「はーい！」」

　子供たちは尻尾を振ったり立てたりしながら、エッグベネディクトをスプーンに載せて口に運んだ。

「「おいしー！」」

嬉しそうに笑う子供たちを見守りながら、俺もポーチドエッグにナイフを入れ、切り分けながらエッグベネディクトを食べ始めた。

「うん。この味。これが食べたかったんだ」

たまにはアメリカンブレックファーストもいいよね。

「食後のデザートは、蜂蜜《はちみつ》を絡めた果物入りのヨーグルトだよ」

キウイ・パイナップル・メロンといった、蛋白質分解酵素を持つ果物をヨーグルトに混ぜると、苦くなることがあるけど、表面に蜂蜜を塗っておくと、それを防いでくれるんだ。

長期保存で味が落ちた季節外れのリンゴも、小さくカットして蜂蜜を塗《まぶ》すと、美味しく食べられて、変色も防げるよ。


食事を終えた俺たちは、身軽な服装で宿を出た。

今日の仕事は、昨日受注したGランクの依頼『街道の清掃』だ。

日本でも、町内の老人会が、街道沿いに落ちている煙草の吸い殻《がら》や、食後のゴミ、空き缶、ペットボトル、秋の落ち葉とかを拾い歩いていた。たぶんそういう仕事だろう。

——と思ってたけど、地図に記された目的地は、郵便馬車・駅馬車・乗合馬車・辻馬車・貸馬車などの輸送業者ギルドが経営している清掃・設備管理会社で。

受付窓口の担当者に業務内容を聞いて、この仕事を選んだことを後悔した。

「ここにある道具で土の道の轍《わだち》を均《なら》し、石畳の街道や馬車道の馬糞《ばふん》を拾って、村外れの農地にある指定の肥溜《こえだ》めに捨てに行ってください」

ゴミはゴミでも、馬糞拾いだったよ。

この世界の主な交通手段は馬か魔馬《まば》。生き物だもの。排泄《はいせつ》するよね。

俺は平成生まれの都会っ子だから、肥溜めなんて見たことないけど、臭くて不衛生なイメージしかない。

無防備な状態で排泄物を拾うのも、肥溜めに行くのも嫌すぎて、俺は思わず叫んでいた。

「《防護結界《バリアー》！》」

俺と子供たちの体を、薄い魔力の膜が覆う。

これで、汚れた空気も臭気もシャットアウトできる。

俺たちは土を均す道具で馬車道を整地しながら、決められたコースを回った。

「ぅわん！　バフンだ！」

「あっちにもあるにゃんよ」

「ひろわなきゃ」

臭いをシャットアウトしたせいか、子供たちは馬糞拾いに抵抗がないらしい。

でも俺は、そのままの状態で拾いたくない。

光魔法・風魔法・水魔法を駆使して、馬糞をわずかな土くれ状態に変えて拾う。

最後に指定の場所へ馬糞を捨てに行き、ようやく仕事が終わった。

宿に帰ったら、すぐに風呂と洗濯だ！

「《殺菌消臭《デオドラント》！　乾燥《ドライ》！》」


俺は亜空間厨房で風呂の準備をして、脱いだ衣類を作り置きの石鹸水とともにウォーターボールに放り込み、洗濯機をイメージした水流でかき回す。

「うわんっ！　ふくがまわってる！」

「にゃにこれ！　しゅごーい！」

「あわあわだね」

「こうして、みんなの服をきれいにしてるんだよ」

ウォーターボールの周りに結界を張って、汚れた水を亜空間ゴミ箱に捨て、新しい水を注いですすぎを繰り返し、軽く脱水する。

水魔法の脱水だけで乾燥させたら、服がシワシワになっちゃうから、仕上げは乾燥機をイメージして、温かい風の中で踊るように回転させるんだ。

でもこれ、乾くまでに結構時間がかかってしまう。

（亜空間厨房は室温も湿度も管理されていて、干しておけば寝ている間に乾きそうなんだけど……どこかに室内用の洗濯物干しスタンド、売ってないかなぁ？）

入浴後も、レモンソーダフロートでおやつしながら、乾燥機魔法を続行する。

お昼ご飯は、魔道ホットプレートでお好み焼きを焼くことにした。

料理学校で知り合った、広島出身の友達直伝のお好み焼きだよ。

小麦粉に水を加え、だまにならないようトロトロに混ぜ合わせ、油を引いた鉄板の上に、クレープみたいに薄く、丸く生地を伸ばす。

その上に千切りキャベツをたっぷり載せ、天かすをかけ、好みに合わせて、そば、うどん、のしイカ、生イカ、エビ、細もやし、キムチ、チーズなどをトッピング。

麺類があればボリュームが出るんだけど、生地から作って茹でなきゃいけないから、今日はもやしと生イカとエビだけ加えた。

さらに覆い被せるように豚バラ肉を並べて載せ、上から小麦粉の生地をかけて、キャベツを蒸し焼きにする。

ひっくり返して、形を整えながらよく焼いたら、鉄板の上で卵を丸く伸ばし、肉があるほうを下にして、卵が固まる前に素早く上に載せるんだ。

このホットプレートだと二個ずつしか焼けないから、二回焼いたよ。

子供たちのお好み焼きは、食べやすい大きさに切って、皿に盛りつけた。

その上に、我が家で愛用しているブランドの濃厚甘口ソースをたっぷり塗って、青のり、おかか、紅しょうがを載せるんだ。好みで刻んだ青ネギを載せても美味しいよ。

ちなみに大阪では、ソースの上にマヨネーズをかけるのが定番だけど、広島ではマヨネーズをかけない派のほうが多いらしい。俺もかけない派だ。

子供たちは、俺が調理している間、そわそわとはしゃぎながら見ていた。

「お好み焼き、できたよ。お昼ご飯にしよう」

「「「わぁーい！」」」

席についてみんなで「「「「いただきます」」」」と手を合わせ、俺は割り箸で、子供たちはフォークで食べ始める。

「うわん！　おいしい！　タコヤキみたい！」

「キャティ、おこのみやき、だいしゅきにゃん！」

「ぼくも！」

うんうん。きっと気に入ると思ってた。

「食後のデザートは、シャラメロとマナベリーと、キウイのゼリー寄せだよ」

昨夜デザートをいくつか作り置きしたとき、どんな味か興味があって、この世界の果物も使ってみたんだ。

味見してみたら、シャラメロは本当に、赤肉メロンみたいな味だった。

マナベリーは、ラズベリーのような味がする。

グリーンキウイとゴールドキウイは、彩りよくするためと、召喚食材を使うために入れた。こちらの世界の食材には、付与魔法がかからないからね。

デザートに使った果物の名前を聞いて、子供たちは瞳を輝かせた。

「アカとオレンジいろは、もりでとったくだもの？」

「そうだよ、ラビ。シャラメロとマナベリーは、みんなが採ったくだものだよ」

「ぅわん！　どんなあじかな？」

「シバはマニャベリー、いーっぱい、つまみぐいしてたにゃんよ」

「シャラメロはたべてないもん！」

「おおきいから、つまみぐいできにゃかっただけにゃん」

「はいはい。ケンカしないで、仲よく食べようね」

「「はーい！」」

子供たちはスプーンを手に取り、ゼリーを一口食べて言う。

「「おいしい！」」

みんな、顔も尻尾も大喜びだね。気に入ってくれてよかった。

お腹が膨れて満足したキャティは、そろそろ眠そうにしている。

子供たちがお昼寝する頃には、洗濯した服も乾いたので、俺も一緒に昼寝した。

4．便利グッズが欲しい！

今日も午後三時から、護身格闘術のレッスンがある。

俺たちは少し早めに冒険者ギルドへ向かい、受付窓口に寄って依頼達成報告を済ませ、そのついでに受付嬢のパメラさんに尋ねた。

「洗濯した服を室内で乾かすスタンドって、どこの店で売ってますか？」

パメラさんは困惑顔で首を傾げる。

「私は洗濯ロープか竿しか存じませんが、あるとしたら、家具や雑貨を扱うボナール商会でしょうか。そこで手に入らなければ、商人ギルドで聞かれたほうがいいと思います」

商会名を聞いて「あれ？」と思ったが、見せてもらった地図によると、やはりオレリア・ボナールさんのお宅の真裏にあたる、表通りにある店だ。

夏場は朝九時開店なので、明日は仕事を休んで、午前中に行ってみることにした。

用事を済ませて、第二訓練棟のサブ競技場で待っていると、時間通りにドミニク先生が現れた。

「今日はもう一歩踏み込んで、攻撃の躱し方と反撃の仕方を伝授する。ニーノ。俺に向かって、ゆっくり殴りかかる真似をしてくれ」

言われた通りスローモーションで殴り掛かると、先生が俺の腕を掌で押して軌道をずらす。

「殴りかかられたときは、自分も手を前に出し、相手の腕を手で受けて、拳の軌道をずらすんだ。上手いこと拳を避けたら殴り返せ。拳を止めると同時に攻撃してもいい。あるいは、下に払って腕を捕らえ、相手の後頭部を押さえて膝蹴りを極めてもいいぞ」

見本つきの説明を受けてから、俺は先生と、子供たちは子供同士で組んで、まずは拳の軌道をずらす訓練をする。

「ニーノ！　後ろへ逃げるな！　相手を前へ押し出すつもりで行け！」

「いや、そんなこと言われても、拳が迫ってきたら怖いです！」

「ったく、ホントにビビリだな。子供たちのほうが遥かに筋がいいぞ」

なんとか俺も合格をもらえたところで、先生が言う。

「逃げ方を教えたとき、『脇の下や背中にいる者は捕まえにくい』と言ったのを覚えているか？　攻撃でも同じだ。できるだけ早く死角に入って、相手が攻撃しづらく、自分は攻撃しやすい位置取りをするんだ。相手に攻撃するときは、相手の腕をつかんだり、首を押さえたりしておけば、相手は反撃しづらくなる」

俺たちは先生のアドバイスに従って、訓練を続けた。

「よしっ。今日はここまで。あとで復習しておくように。解散」

「「「ありがとうございました！」」」


レッスンが終ったら、おやつの時間だ。

俺たちは、エントランスの休憩所にあるテーブル席に陣取った。

「今日のおやつは、卵たっぷりのシフォンケーキ、生クリームとイチゴ添えだよ。冷たい牛乳と一緒に召し上がれ」

「うわんっ！　きょうも、うれしいにおいのクリーム！」

シヴァはホント、バニラの香りが好きだよね。

「イチゴ、あまいにゃん！」

北海道産の夏イチゴは、大粒で糖度も高い。

「ケーキ、ふわふわ♪」

ラビはそう言うと思ってたよ。

大喜びでおやつを食べる子供たちを見守りながら、俺もおやつを口にした。

そこへドミニク先生が通りかかり、俺に期待の眼差しを向けて言う。

「今日もまた、美味《うま》そうなもん食べてるな」

この先生、いかにも『武人』って感じの強面《こわもて》なのに、甘党なんだね。ちょっと意外。

「ドミニク先生も、よかったらどうぞ」

「じゃあ、遠慮なくいただこう。この白いのは、ドラヤキに入ってたヤツだな？」

フォークで切ったシフォンケーキに、生クリームをつけて食べたドミニク先生が、驚愕の声を上げる。

「なんだこの菓子！　ドラヤキよりふわふわじゃねぇか！　イチゴもびっくりするほど甘いぜ！　こんなイチゴ、食べたことねぇ！」

あー……そういえば『昔のイチゴは甘くなかったから、練乳《れんにゅう》をかけたり、潰して砂糖と牛乳をかけたりしてた』って聞いたことあるよ。多分この世界のイチゴも、品種改良前のイチゴみたいに糖度が低いんだろう。

「毎日こんな美味い菓子を食べられて、ちびっ子たちは幸せだな」

「あさごはんの、タマゴとおにくのパンもおいしかったよ！」

「アイシュクリームがのってる、レモンショーダも、おいしかったにゃん！」

「おひるは、おこのみやきと、シャラメロとマナベリーとキウイのゼリーだった♪」

「シャラメロにマナベリーだとー!?　とんでもない高級料理を食べてるな……」

シャラメロは、買取価格が一玉（約二・五キロ）で金貨五枚（約五十万円）。

マナベリーは、一粒半銀貨一枚前後。一キロあたり金貨二枚（約二十万円）。

どちらも高価なポーション材料だから、ドミニク先生が驚くのも無理はない。

「おっ、もうこんな時間か。それじゃ、俺はそろそろ行くわ。上手い菓子、ありがとな」

俺たちも、食べ終わった食器を片付けて宿へ戻った。


猫の尻尾亭の客室から、亜空間厨房へ移動してすぐ、俺は夕飯の支度に取りかかる。

「今夜は『シーフードピラフ』にしよう」

炊き込みご飯は、具材と調味料を米と一緒に入れて炊くけど、ピラフは具材と一緒に炒めた生米をスープで炊くトルコ料理だ。

炒めたニンニクと玉ねぎに、ピラフ向きのタイ米を加えて炒め、マッシュルームと、彩りを添えるコーンとグリンピースも入れた。

スープは、シーフードを白ワインと塩コショウで炒め、召喚水を加えたものを使う。

ちなみに、スープに使った召喚水は【カシャの泉　奇跡の水】。

これはミネラルを適度に含む中性の硬水で、Ｐｈ《ペーハー》値が健康な人の体液に近く、飲用でも経皮《けいひ》吸収でも優れた効果を発揮する。

主な効果は、効果時間内の生命力・魔力・回復力・魔力回復力倍加。

しかも、超回復効果で、瀕死の状態からでも完全回復するんだ。

疲労・負傷・疾病はもちろん、麻痺や石化といった状態異常も完全回復するよ。

予《あらかじ》め飲んでおけば、病気や状態異常を無効化できるし。

治癒力・免疫力・新陳代謝が上昇し、若返りや成長によって身体能力も向上する。

「付け合わせのスープはクラムチャウダー。肉料理はタンドリーチキン。魚料理はスズキのムニエル。あとはサラダとデザートがあればいいな」

クラムチャウダーは、アサリなどの二枚貝と、玉ねぎや根菜を具材にした、ミルクベースの白いクリームスープ。

タンドリーチキンは、鶏肉をヨーグルトとスパイスに漬け込んで、タンドール窯《かま》っていう、粘土製《ねんどせい》の壺型オーブンで焼くインド料理だ。

そんな特殊な窯はないから、俺は魔道オーブンで焼くけどね。

旬のスズキのムニエルは、タルタルソースをかけてみた。

サラダは、ちぎったフリルレタスの上に、櫛切《くしぎ》りにしたイチジクと生ハム、ミニトマト、カッテージチーズを盛り付けて、ＮＩＮＯ特製ドレッシングをかけたら完成だ。

イチジクと生ハムは相性がいい食材だから、ビックリするほど美味しいよ！

デザートも、生地を作って魔道オーブンで焼き、魔道冷蔵庫で冷やしておく。

俺はテーブルセッティングして、無限収納庫に保管しておいた料理を出して並べた。

「さあ、みんな。ご飯だよ！」

子供たちは大喜びで両手を合わせる。

「「「いただきます」」」

シヴァは真っ先にタンドリーチキンに狙いを定めたよ。

「うわんっ！　とりのおにく、すっごくおいしい！」

「これ、きのうとおにゃじ、おしゃかにゃにゃん？　ちがうおしゃかにゃみたいにゃん！

きょうのおしゃかにゃもおいしいにゃんよ！」

キャティも大興奮して好物の感想を伝えてくれるが、ラビはいつも通りいろいろ味見してはうっとりしている。

シーフードピラフも、クラムチャウダーも、イチジクと生ハムのサラダも、みんな気に入ってくれたみたいだね。

完食したところで、テーブルの上を片付け、魔道冷蔵庫からデザートを取り出す。

「デザートは、クリームブリュレ。仕上げに、カソナードっていうお砂糖をかけて、キャラメリゼするんだよ」

カソナードはサトウキビで作られた、フランス産の含蜜糖――つまり、きび砂糖や黒糖の仲間だ。

　俺は料理用バーナーでカソナードを炙《あぶ》った。

「「うわぁ！」」

　みんな、目を見開いてビックリしてるね。

「こうやって炙ると、表面がパリパリになって、美味しいんだよ。食べてごらん」

　表面はカリッとしていて香ばしく、中はとろとろのクリームブリュレを、子供たちは期待に瞳を輝かせながら口にした。

「「おいしー！」」

　君たちが喜んでくれたら、俺も嬉しいよ。

　明日もビックリするほどの感動を届けられたらいいな。

◇

◆

◇

　今日は仕事を休むと決めていたけど、俺はいつもの時間に目を覚ました。

　早起きが習慣になってるんだろうね。

「便利グッズを探しに行くついでに、朝市でこの世界の食材をリサーチしようかな」

探し物を見つけて、いい食材にも巡り会いたいから、気合を入れて、運アップ効果の高い和朝食を作ろう。

合わせ出汁を使った炊き込みご飯と、具だくさんの味噌汁は最強だよね。

米を炊くのも、出汁を取るのも、運アップ効果がある召喚水を使えば、さらに運気が上がるはず。

炊き込みご飯の具材は、縁起物の鮭と三つ葉と、旬の『金運アップ』食材のコーン。

味噌汁には、豚肉と、縁起物の茸と根菜をたっぷり入れよう。

子供たちが大好きな出汁巻き玉子は、たらこを入れて巻く。

鶏そぼろとカボチャの煮物も、つゆと薬味をかけた揚げ出し豆腐も、合わせ出汁を使った運倍加の開運料理だ。

ちなみに、鮭は出世して故郷に帰る。豚は富と繁栄。卵は金運と健康運。鶏は商売繁盛や収穫を意味する縁起物だ。

ナンキンという別名を持つカボチャや、とん汁に入れたレンコンやニンジンは、『ん』が二回つく『運盛り』の縁起物で、運が二倍になるんだよ。

鰹節と塩昆布の浅漬けは、『成す』という意味の縁起を担いだ『水茄子《みずなす》』を使った。

デザートは、昨夜作ったアレに決めている。

子供たちが起きてきて、朝の身支度をしているうちに、ダイニングテーブルに色違いのマットを敷いて、料理を並べていく。

「わぉーん！　おなかがすくにおい！」

「いいにおいにゃんね！」

「うん。きょうもおいしそう」

子供たちが自分の席に座ったところで、俺も席に着いて、メニューを説明する。

「今日の朝ご飯は、鮭とコーンの炊き込みご飯、とん汁、たらこ入り出汁巻き玉子、カボチャのそぼろ煮、揚げ出し豆腐、水茄子の浅漬けだよ。召し上がれ」

豚バラの匂いに惹かれたのか、シヴァは真っ先に味噌汁を飲む。

「ぅわん！　やっぱり！　きょうのみそしる、おにくがはいってるー！」

「とん汁の『とん』は豚肉だよ」

「ごはんに、ピンクのおしゃかにゃ、はいってるにゃん！」

「おとうふも、だしまきたまごも、かぼちゃもおいしそう！」

みんな大喜びで、好き嫌いせずに食べてくれる。

シヴァは豚肉と根菜たっぷりのとん汁が、今日一番のお気に入りらしい。

キャティは好物の鮭が入った炊き込みご飯と、真ん中がピンク《たらこ》の出汁巻き玉子。

ラビは揚げ出し豆腐と、鶏のミンチを使ったカボチャのそぼろ煮かな？

生でも食べられる水茄子の浅漬けは、とってもジューシーでさっぱりしているから、箸休めにちょうどいい。

「食後のデザートはスイートポテト。さつまいもっていう、甘い芋《いも》で作ったお菓子だよ」

一口サイズで作ったデザートを、子供たちが口に運んだ。

「「おいしい！」」

みんな、顔も尻尾も大喜びだね。気に入ってくれてよかった。


夏の朝市は五時からだけど、ボナール商会が開店するまでの時間潰しなので、さほど急がずに支度をして宿を出た。

「今日は仕事じゃなくて、朝市に行くよ」

「あしゃいち、ってにゃに？」

「おれしってる！　あさからおひるまで、みちのはしっこに、おみせがならぶんだよ！」

「ぼくも、しってる。おにくや、おやさいや、いろんなくだものをうってるよ」

シヴァとラビは、家族と行ったことがあるんだろうね。

ちなみにルジェール村では、屋台広場周辺が市場通りになっていて、商人ギルドに場所代を払えば、他国や他領から来た行商人でも出店できるらしい。

売っているのは食材や日用品、布や布製品・革製品、手工芸品、骨董品や中古品など。

人気があるのは食材を扱う露店で、市場通りは朝早くから賑わっている。

「あっ、おにくー！」

肉好きのシヴァが肉屋を見て興味を示した。

並んでいる商品は、常温保存可能な干し肉ブロックだ。

鑑定によると、ルジェールの森で狩られた獣や魔物の肉。

でも、どの肉も品質がよろしくない。

やわらかくて美味しい肉を手に入れるには、獲物を苦しませず一撃で仕留め、すぐにしっかり血抜きを行い、早めに内臓を抜き、獲物の体温を下げる必要がある。

なのに、血抜きしてないか、処理が不十分な状態で放置してたら、臭くてまずい肉になって当然だよ。大型魔獣の肉に至っては、なかなか斃しきれず傷だらけにして、味が落ちているじゃないか。

でも、高ランクの魔物が出る危険な大森林で狩るとなると、仕留めたその場ですぐ処理をするのは難しいんだろうね。

(肉は買うより、自力で狩るほうがよさそうだな)

今の俺なら、魔法で獲物を仕留められるし。フードプロセッサーで完璧に解体して、時間停止機能付きのアイテムボックスで保存できる。

ここでは買わずに立ち去ろうと思ったが、ふと、あるものが目についた。

（……ちょっと待って。この竹皮っぽいものに包まれた塊は……生肉!?）

俺の食材鑑定が、『これは新鮮で美味しい肉だ』と告げている。

「すみません。この包み……」

声をかけると、中年の男性店主がいい笑顔で言う。

「お客さん、お目が高いね！　これは今日の目玉商品！　一週間前に、美食のダンジョンでドロップしたチャージングブルの肉だよ！　こっちはチャージングカウの肉だ！」

ダンジョン産の肉なんて初めて見たよ。

しかも『美食のダンジョン』だって!?

「この肉、包装資材に状態保存の魔法がかかってますよね？」

「そりゃ、ダンジョン産のドロップ肉だからね。状態保存魔法がかかってて、ダンジョン内では劣化しないし。外へ持ち出しても、開封するか、包みが破れない限り、一か月は鮮度が落ちないよ」

「俺、冒険者になったばかりでよく知らないんですけど、『美食のダンジョン』って、どんなところなんですか？」

「ランジェル辺境伯領で一番高い山にあるダンジョンだよ。Cランク以上の冒険者じゃないと入れないが、美味い肉をドロップする魔物が多いから、下の息子たちがよく行くんだ。

ダンジョン産のドロップ肉は、ダンジョン以外で狩った魔物の肉と比べたら、ビックリするほど臭みがなくて、やわらかくて美味しいからね」

ちなみに大森林産の干し肉ブロックは、だいたい銀貨数枚くらいで買えるが、美食のダンジョン産チャージングブルは、三キロのブロック肉で金貨二枚。チャージングカウは、二キロのブロック肉で金貨一枚と小金貨四枚だ。

「チャージングブルとチャージングカウ、両方買います。他にダンジョン産の肉はありませんか？」

「エレンヌ町商店街にある息子の店なら扱ってるが、うちの露店じゃ今日はこれだけだ」

エレンヌ町は、ルジェール村から乗合馬車で二時間くらいのところにある。

「街へ行くときはぜひ、クレマン精肉店に寄ってみてくれ」

俺は肉屋の場所を聞き、会計を済ませた。

隣の露店は、調味料を売っている。

リファレス王国南部を通して、ヒンデル大陸から輸入している砂糖や胡椒は高価だが、塩は買いやすい値段だ。おそらく、美食のダンジョンで岩塩が採れること。ランジェル辺境伯領の海辺の町で、海水から塩を作っていることが理由だろう。

（庶民向けの宿や屋台の料理は、獣脂・魔獣脂が使われていたけど、植物油も売ってるんだな。でもビネガーはないのか……）

レイプシードオイルやグレープシードオイルは地場産だが、オリーブオイルはリファレス王国南部産だ。

寒冷地で育たないハーブも、南部から仕入れているらしい。

俺は調味料も食用油もドライハーブも、全種類買ってみることにした。

「小麦やライ麦も買っておくか」

ちなみに、この世界の小麦粉やライ麦粉は、表皮《ブラン》や胚芽《はいが》ごと製粉した全粒粉だ。少なくとも『銀狼の牙』のメンバーは、みんな『白いパンなんて見たことない』と言っていた。

日本の小麦粉は、原料の小麦の種類によって薄力粉・中力粉・強力粉に分かれているけど、この市場には、古代小麦《スペルト》っぽい硬質小麦を製粉した強力粉しかない。

食材鑑定してみたところ、国産小麦の主な産地はリファレス王国南部で、北東部に位置するランジェル辺境伯領は、ライ麦や大麦を栽培しているようだ。

「あっ、玄麦《げんばく》も売ってるんだ」

俺はフードプロセッサーの解体スキルで精麦して自家製粉できるから、玄麦を買った。

「あとは、野菜と果物だな」

「うわん！　おにーちゃん！　ペアシュがあるよ！」

「キャティ、ペアシュしゅきにゃんよ」

「ぼくも」

シヴァが指さしたのは、カナーン村の宿で食べた、桃っぽい果物だ。桃ほど濃厚な甘さはないけど、瑞々《みずみず》しくて美味しかった。

ちなみにこのペアシュも美食のダンジョン産だ。追熟三日目で食べ頃らしい。

「すみません。ここにあるペアシュ十個、全部買っても大丈夫ですか？」

中年の福々しい女性店主に尋ねると、「もちろんだよ」と笑顔で応じてくれた。

「こっちのペアニョンも十個ください」

ペアニョンはブリュニョンみたいな、果肉が硬い品種の桃っぽい果物らしい。

市場通りを歩いていると、日本とまったく同じ名前の食材と、微妙に違う名前の食材と、見たこともない食材がある。同じ名前のものは同じもの。微妙に違う名前のものは、似ているけど、全く同じではないみたいだ。

店先に並んでいる野菜は、葉野菜と果菜が多く、根菜が少なかった。

飢饉のときの非常食扱いだったジャガイモも、米も流通していないようだ。

（肉だけでなく、果物や野菜も、近隣の農園で栽培されたものより、大森林や、美食のダンジョンで採れたもののほうが美味しいんだね）

俺も美食のダンジョンに行ってみたいけど、Cランク以上の冒険者じゃないと入れないなら、男の子たちは早くて十年後、キャティは十二年後になっちゃうよ。

（俺は子供たちが大きくなるまで、Dランクの昇格試験を受けるつもりはないし。欲しい

食材はルジェールの森で採取するか、市場や商店で探すしかないな）

なんて考えながら買い物していたら、シヴァが突然駆けだしたんだ。

「待って、シヴァ！」

呼び止めたけど、人ごみをすり抜けてどこかへ行ってしまった。

「ラビ、キャティ、追いかけるよ！」

「「うんっ！」」

俺たちはシヴァが消えた方向へ急いで向かう。

「シヴァ！　どこにいるの⁉　シヴァ！」

「シバー！　かってにウロウロしちゃダメにゃんよー！」

「シヴァー！　おへんじしてー！」

声をかけながら探し歩いていると、シヴァがぽつんと佇んでいるのが見えた。

「よかった。見つかった。シヴァ。どうして急に走っていったの？」

呆然としていたシヴァの瞳から、大粒の涙が零れ落ちる。

「……とーちゃんと、おなじにおいがしたんだ……。おなじいろの、いぬじゅうじんのおじさんがいた……。でも、とーちゃんじゃなかった……」

それを聞いて、ラビとキャティも泣き出した。

「「ママー！　パパー！」」

突然攫われて、知らない場所に連れてこられて――親が恋しくて当たり前だ。

でも、シヴァは家に強盗が押し入り、母親にクローゼットの中に隠され、見つかって攫われた。両親は抵抗して殺された可能性が高い。

ラビとキャティは、自宅で眠っている間に攫われたというから、立て続けに襲撃された獣人村の大規模誘拐事件の被害者だろう。『おそらく親も攫われ、別の場所へ売られていったか、殺されている』というのが冒険者ギルドの見解だ。

大丈夫だよ。きっといつか会えるよ――なんて気休めは言えない。

俺は言葉もなく、縋りついてくる三人を抱きしめることしかできなかった。

どれくらいそうしていたんだろう。

子供たちは泣くだけ泣いて、少し落ち着いてきたようだ。

「みんな、喉乾いてない？　ちょっと早いけど、広場でおやつ食べよう。おいで」

屋台広場には、飲食用のテーブル席やベンチがある。

屋台は混雑しているけど、買って自宅や宿へ持ち帰る人が結構いるみたいで、いくつか空いているテーブル席があった。

俺は子供たちをテーブル席の椅子に座らせ、アイテムボックスから飲み物とおやつを取り出していく。

「今日の午前のおやつは、プリンとレモンスカッシュだよ」

可愛らしい犬、猫、兎、パンダを描いたカップ入りのデコレーションプリンが、子供たちを曇りのない笑顔にしてくれた。

「うわんっ！　これも、うれしいにおいがする！」

「かわいいにゃん！」

「すごーい！」

はしゃぐ子供たちの声を聴いて、近くにいた女性たちが寄ってきて言う。

「まあ、可愛い。これなあに？」

「いい匂い……」

「美味しそうねぇ」

「どこで売ってるの？」

「これは俺が作った、プリンっていうお菓子です。いつか料理やお菓子の屋台を出したいと思っていますので、そのときはよろしくお願いします」

そう言って頭を下げると、女性たちは残念そうな顔をしたが、「屋台、楽しみにしてるわね」と告げて去っていった。

子供たちはしばらくプリンを眺めてから、嬉しそうに食べ始める。

「「「おいしー！」」」

もうすっかり笑顔だね。

一時はどうなることかと心配したけど、泣き止んでくれてホッとしたよ。

おやつを終えて屋台広場の時計塔を見上げると、そろそろボナール商会の開店時間だ。

俺は子供たちを連れて、ボナール商会へ向かった。


ボナール商会は、商人ギルドがある大通りの商店街に店を構えている。

一昨日伺った裏通りのボナール邸も、屋根裏部屋付き三階建ての大邸宅だったが、表通りにある店舗は、間口が両隣の店の倍以上ある大店だ。

「すみません。探している商品があるんですが……」

近くにいた女性店員に声をかけると、店内にいたオレリアさんが笑顔で近づいてきて言う。

「いらっしゃいませ、ニーノさん。先日はお世話になりました。何をお探しですか？」

「洗濯した衣類を、室内で乾かすためにかけておくスタンドが欲しいんですけど……」

するとオレリアさんは、近くにいた店員に何かを言いつけ、俺たちをＶＩＰルームっぽい応接室に案内してくれた。

「しゅごーい！　きれーなおへや！」

冒険者ギルドや庶民向けの宿とは違う豪華な内装に、キャティは喜んでいるが、男の子たちは緊張してるっぽい。

「みんないい子にしててね。うろうろしたり、部屋にあるものを勝手に触ったりしちゃダメだよ」

「「「はーい！」」」

良いお返事だ。

「どうぞ、お座りになって」

にこやかなオレリアさんに勧められて座ったソファは、ビックリするほどふかふかで座り心地がいい。

「うわん！　このイスぽよんぽよん！」

「ほんとにゃ！」

大人しいラビは普通に座ってくれたけど、やんちゃなシヴァと勝気なキャティは、高級ソファのスプリングに感動して、わざと跳ねるように座って遊びだす。

無邪気で可愛いけど、ここはお店の商談室だ。

「やめてぇ！　素敵な高級ソファが痛んじゃうよ！」

慌てて止めた俺に、オレリアさんは上品に「ほほほ」と笑って言う。

「お褒めいただいて光栄ですわ。このソファ、うちのお抱え職人が作った、今売り出し中の商品の見本ですのよ」

「冒険者ギルドで、『家具や雑貨を扱っている』と聞いてこちらへ伺ったんですが、本当に素敵なソファですね」

「ありがとうございます。当商会は領都ブルワールに本店を構え、港湾都市アルレット、ダンジョン交易都市レージュ、大森林に面したこのルジェール村、リファレス王都、王国南部に位置する国内最大の港湾都市マルスラーンに支店を構え、こだわりのベッドやソファ、執務机、収納家具やインテリア雑貨を扱っていますの。ルジェール村の店舗では、主に大森林で採れる素材の仕入れと、商品開発を行っています」

おおう。王国内に六店舗もある大きな商会だったんだ。

「担当者が衣類スタンドの見本を持ってくるまで、お茶でも飲んでゆっくりなさって」

オレリアさんが出してくれたお茶は、この世界のカモミールを使ったハーブティーだ。

「おにーちゃん。あまいのちょうだい」

「キャティも、あまいのがいいにゃん」

「ぼくも」

単体のハーブティーは香りつきのお湯だから、甘味に慣れた子供たちには、甘い香りがするのに味はしないから物足りないらしい。

「うちの子たちがワガママ言ってすみません、蜂蜜とミルクを入れてもいいですか？」

「こちらこそ、気が利かなくて……。すぐ用意させますわ」

「手持ちがあるので大丈夫です。オレリアさんも、キラービーの蜂蜜いかがですか？」

「珍しいものをお持ちですのね。わたくしまでいただいてよろしいんですの？」

「たくさん持ってますから、どうぞ。生蜂蜜は栄養たっぷりで、美肌効果がありますよ」

「あら、ステキですわね」

しばらく座ってお茶を飲みながら待っていると、女性店員がドアをノックし、「失礼します」と声をかけて入室する。

「衣類をかけておくスタンドというと、こちらでしょうか？」

持ってきてくれたのは、ドレスとかをディスプレイするトルソーだった。

「いや、こういうのじゃなくて……シャツとかズボンとか、下着や靴下、タオル類が干せる感じの、折り畳み式の物干しスタンドが欲しいんです」

担当者らしい女性店員さんが困った顔で言う。

「洗濯物はどこのご家庭でも、ベランダの柱やフェンス、庭木などにロープを張るか、竿を吊るして干していますので、そういったものは取り扱っていません」

「雨の日に、室内干しとかしないんですか？」

「貴族の邸宅には洗濯室がありますが、庶民の家では、雨の日は干せないから、洗濯しないと思います」

ってことは、この世界には物干しスタンドはないってことか。

「じゃあ、物干しスタンドを作ってくれそうな職人さんを、紹介してもらうことはできませんか？」

そこでオレリアさんが提案する。

「では、うちのお抱え職人に頼んでみましょう」

「ありがとうございます。言葉で伝えるより図解したほうが早いと思うので、ここで絵を描いていいですか？」

俺はオレリアさんに許可を取り、店舗倉庫に召喚されていたバインダーノートと、愛用している三十六色の消せる色鉛筆セットを取り出した。

それを見たオレリアさんが興味深げに言う。

「……変わった製本ですわね。紙の質もよさそうですし。この筆記用具も、初めて見ましたわ。こんなにたくさんの色が揃っているなんて……」

「これは俺の故郷で一般的に使われている、書いたものを選別して綴じられるノートと、手間をかけず手軽に絵を描ける画材です」

俺はルーズリーフ方眼紙に、愛用していた洗濯物干しスタンドの絵を描いていく。

学生時代は図工や美術が得意だったんだ。我ながら上手に描けてると思うよ。

「俺が欲しいのは、使わないときはコンパクトに畳んで仕舞える、室内用の洗濯物干しスタンドです。X字に開いて、フックを噛み合わせて固定するんです。こんなふうに」

描き上げた絵を見せ、指で指し示しながら使い方を解説する。

「上段の太いパイプには、シーツを干したり、ハンガーを使ってシャツを干したりできます。下段のタオルハンガーは棒状なので、靴下や下着も引っかけて干せますし、上段の太いパイプに、丈《たけ》の長いものを干すこともできます。大判タオルハンガーのほうはしっかりした外枠をつけて、ニットのセーターなどを平干しできると便利です」

女性店員が瞳をキラキラさせながら歓喜の声を上げた。

「すごい！　こんなの初めて見ました！　これ私も欲しいです！　こんな物干しスタンドがあれば、家族が仕事に出ている間に室内干しできるから、雨の日が続いても着替えの心配をしなくて済みますよ！」

過去に召喚された勇者たちが、すでに作っているかと思ったけど――召喚されたのが高校生なら、おそらく洗濯は親任せで、この世界に来てからは『クリーン！』って浄化魔法をかけて済ませていたのかもしれないね。

オレリアさんも瞳をキラーンと光らせて言う。

「ニーノさん。この洗濯物干しスタンド、ぜひうちで売り出したいので、アイデアを使わせていただけないかしら？　商品化できるまで秘密厳守で、試作の相談に乗っていただければ、完成品は差し上げますし、それなりのアイデア料もお支払いします」

弟妹が見ていたライトノベルのアニメではお約束の展開だ。

丸パクリでお金をもらうのは気が引けるけど、こちとら見知らぬ異世界で、子育てしながら生き抜かなくてはならないし。昔の召喚大賢者アリスガーさんも、アイデア商品をパクってたじゃないか！

「ぜひお願いします」

俺の返答に、女性店員が満面の笑みを浮かべてはしゃぐ。

「きっと売れます！　洗濯物干し革命が起きますよ！」

「この絵は多機能タイプですが、折り畳み式のスタンドを試作するなら、まずはこういった、シンプルなX型スタンドのほうがいいかもしれません。大きく作れば毛布やシーツも干せますし、高さのあるスリムタイプやロータイプなら、ハンガーを使って場所を取らずに衣類を干せますよ」

「そうですね。いろいろサイズを変えて、作らせてみましょう」

「屏風《びょうぶ》型や扇型のスタンドも、手軽に広げて使って、コンパクトに収納できますし。こういった吊るすタイプのハンガーがあると便利です」

俺は思いつくまま、洗濯物干しグッズを描いていく。

「この平干しネットは、ニットを畳んで陰干しするのに使うんです。パラソルハンガーは、省スペースでタオルをたくさん干せるし。八連ハンガーは、シャツやチュニックをたくさん干せます。角型ハンガーは、小物干しや筒干しに使えますよ。厚手のボトムスを筒干しすると、隙間に風が通るから早く乾くんです。シャツやチュニックも、ハンガーを二本またいで干すと早く乾くし……」

「すごいです！　そんな干し方、初めて知りました！」

「吊るすタイプのハンガーは、普通のフックでもいいけど、外干しするなら、こういったキャッチ式フックのほうが、風に煽られて落ちるリスクが少ないと思います」

「なるほど。しっかり固定できて、取り付け・取り外しも簡単ですわね」

「この洗濯物干しグッズ、どれも絶対に売れますよ！」

「そうね。大型のスタンドは製作費も配送料も高くつくけど、これなら庶民でも買える値段にできそうだわ」

「あと、筒干しハンガーに付けてる洗濯ばさみ、単体でたくさんほしいんですけど、こういうの、すでに商品化されてますか？」

ピンチリングを使った洗濯ばさみを大きく描いて見せると、オレリアさんは少し考え込んで答える。

「いいえ。わたくしは見たことがありません。おそらく、近隣国にもないと思います」

「じゃあ、洗濯物はどうやって固定してるんですか？」

その問いには、女性店員が答える。

「シャツなどは、洗濯ロープや竿《さお》に袖を通すだけ。シーツやハンカチなどは、引っ掛けるだけです。風に飛ばされて、悔しい思いをしながら洗い直すのはよくあることなので、この洗濯ばさみも、私もすごくほしいです！」

オレリアさんも大乗り気で、嬉しそうに言う。

「ニーノさんの絵を職人に見せて、いくつか試作品を作らせてから、ご連絡しますわ」

連絡先は、連泊している『猫の尻尾亭』を指定した。

護身格闘術入門コースのレッスン期間に合わせて、宿の四人部屋を押さえているけど、とりあえずもう一週間、予約を延長しておかなくちゃ。

俺は子供たちを連れて宿へ戻り、宿泊延長手続きをして、亜空間厨房へ移動した。

「今日は汚れ仕事をしてないから、お風呂の代わりに、お絵かきしよう」

俺はそう言って、白無地バインダーノートと色鉛筆セットを一人ずつ手渡す。

子供たちは好奇心に瞳を輝かせた。

やっぱりね。さっき俺が絵を描いていたとき、みんな興味深げに見てたから、お絵かきしてみたいんじゃないかと思ったんだ。

「色鉛筆は、こうやって立てて使うと細い線が掛けるし、寝かせて使うと、こんなふうに広い範囲をきれいに塗れるんだ。重ね塗りすると色を混ぜられるよ。力を入れ過ぎると先っぽの芯が折れちゃうから、気をつけて丸を描いて、中を塗ってごらん」

みんな嬉しそうに好きな色の色鉛筆を持ち、白無地ノートに丸を描いて塗り始めた。

「うわんっ！　シンがおれた！」

「芯が折れたり、短くなったりしたときは、この鉛筆削りで削ればまた使えるよ。はみ出したところは、ここに入ってる消しゴムで消せばいいからね」

「ぼく、できたよ」

「わあっ、上手だね、ラビ」

「キャティもできたにゃん！」

「うん。きれいにできたね」

「おれもできたー！」

「シヴァも上手いよ。じゃあ、ここにいろんな果物を置いておくから、みんな、好きな果物の絵を描いて、あとで見せてくれるかな？」

「「「うんっ！」」」

俺は子供たちが夢中でお絵かきしている間に、昼食の支度に取りかかった。

「今日のランチはパスタにしよう。松阪牛のミンチが残ってるから、ミートソースだ」

ロングパスタだと子供が食べにくいから、使うのはショートパスタ。

ミートソースなら、螺旋状《らせんじょう》にくるくるカールしたフジッリが合う。

付け合わせは、ピザとサラダとスープでいいか。

「みんなー、ご飯できたよー。テーブルの上をお片付けして」

「「「はぁーい！」」」

子供たちはお絵かきをやめ、色鉛筆を仕舞って、ノートと一緒に返してくれた。

俺は色違いのプレースマットを敷いた上に、スープ、サラダ、取り皿、カトラリーを配置していく。

テーブルの中央には、丸いカッティングボードに載せたピザと、パスタの大皿を置いている。

「お昼ご飯は、ツナとコーンたっぷりのコールスローサラダ、夏野菜とウインナーのコンソメスープ、シーフードピザ、ミートソースのショートパスタだよ。ピザとパスタは俺が取り分けて配るから、サラダやスープから食べてていいよ」

「「「いただきます！」」」

肉が大好きなシヴァは、真っ先にウインナーにフォークを突き刺して食べた。

「うわん！　ウインナーおいしー！」

キャティとラビは、まずサラダから。

「おしゃかにゃがはいってて、おいしーにゃん！」

「おやさいも、あまくて、すっぱくて、おいしいね」

コールスローサラダに使ったヴィネグレットソース《フレンチドレッシング》は、子供が食べやすいようにマスタードは入れず、砂糖とマヨネーズを加えているんだ。

俺はMサイズのピザをピザカッターで八等分して、みんなの取り皿に配った。

「はーい、シーフードピザだよー。具材は、むきエビ、ホタテ、イカ、タコ、玉ねぎ、パプリカ、ミニトマト、マッシュルーム。ソースは、トマトソースとホワイトソースのダブル使いで、ピザ用チーズをたっぷり載せて焼いたんだ。熱いから、チーズで火傷しないよう気をつけて。手づかみで食べて、汚れた手や口は、紙ナプキンで拭いてね」

「「はーい！」」

子供たちは嬉しそうに、小さな手でピザをつかんでかぶりつく。

「うわん！　あっつ！　でも、おいしー！」

「チーズ、とろとろ♪」

「しゅごーい！　のびるにゃんよー！」

ピザも気に入ったみたいだね。みんな笑顔ではしゃいだ声を上げながら、尻尾を振ったり、ピーンと立ててくねくねさせたりしているよ。

ミートソースのショートパスタは、ソースをパスタに絡めて少量ずつ取り分け、パルメザンチーズとドライパセリをトッピング。

「はい、ミートソースパスタ。これはフォークで食べてね」

「うわん！　これ、おにくのあじだ！」

「これもおいしーにゃん！」

「ぼくもすき♪」

「もっと食べたかったら、ピザもパスタもお代わりできるよ」

「どっちも、おかわりちょうだい！」

「キャティもたべるにゃん！」

「ぼくも！」

みんな食欲旺盛で、スープとサラダはもちろん、大皿料理も四人で分けて完食した。

「お楽しみのデザートは、アイスクリームだよ」

これは小さめのディッシャーで盛り付けたバニラアイスにベリーソースをかけ、今が旬のラズベリーやブルーベリーと、バラの花に飾り切りした夏イチゴでデコっている。

「うわん！　うれしいにおいのアイスクリーム！」

「きれいにゃん！」

「おいしそう♪」

とろけそうな笑顔でアイスクリームを口に含んで、幸せそうに目を細める子供たち。

微笑ましくてたまらないよ。

食事のあとは、子供たちが描いた絵を見せてもらった。

シヴァは紙面いっぱいに、大きくスイカを描いている。二枚目はパイナップルだ。

ラビは籠盛りのフルーツを丁寧に描いている。一番上手いよ。

キャティは……ピンクの桃と……マンゴーかな？

「みんな上手に描けてるね。そろそろ客室に戻ってお昼寝しよう」

俺は自分と子供たちに浄化魔法をかけ、四つ並んだベッドの定位置に寝転んだ。

子供たちは、みんなすぐにすやすや夢の中。

でも俺は、思うところあって眠れずにいる。

（……これからどうしよう……）

ヘルディア王国から逃げてきて、とりあえずこの村に腰を落ち着けたけど、もし何か不都合があれば、すぐ別の場所へ移動するつもりだった。

でも、採取専門の冒険者として子供連れで活動するなら、大森林の浅部に面したこの村は、とても都合がいいんだよね。

（あれだけディスられまくったんだ。ヘルディア王国から追手が来るとは限らないし。この村に腰を落ち着けようかな？）

亜空間厨房があるから、寝に帰るだけの宿暮らしでも不便は感じない。

いざとなったら逃げることを考えると、むしろ身軽でいいと思うけど——今俺は、猛烈に宿暮らしに不満がある。

だってこの世界の庶民の宿は、藁《わら》のベッドか、マットレスのない木製ベッドに、ベッドパット的なパッチワークキルトを載せてるだけなんだ。

テントで地面に寝るより遥かにマシだけど、煎餅《せんべい》布団どころじゃないから、現代日本で生まれ育った俺にはつらすぎる。

（ボナール商会のソファ、ふかふかで、すごく座り心地がよかった……。きっと金持ちの商人や貴族のベッドも、ふかふかなんだろうなぁ……）

この世界ではこんなもんだと思って諦めてたけど、もっと快適なベッドで寝たいよ。

眠れないと思っていたのに、いつの間にか眠っていたらしい。

午後二時半にセットしていた、スマホのアラームでそれに気づいた。

音が鳴るようにセットしたから、寝起きのいいシヴァとラビも、俺と同時に目を覚ましたようだ。

キャティは起こさなければ起きないし、覚醒するのに時間がかかるから、三人がかりで世話を焼いて身支度を済ませ、冒険者ギルドへ向かう。

今日は仕事をしていないから、すぐに第二訓練棟へ行けばいい。

サブ競技場で復習しながら待っていると、ドミニク先生が時間通りに現れた。

「今日はナイフを持った相手に襲われたとき、どうすればいいか教える。怪我しないよう、革製のダミーナイフを使って訓練するぞ」

先生はそう言って、俺に木製の柄が付いたダミーナイフを手渡し、構えさせる。

「ナイフを持った悪者に襲われたときは、まず、相手の状態をよく見ろ。ナイフを持っているのは右手か、左手か。足の位置はどうなっているか。果たしてナイフが自分に届く距離なのか。しっかり確認して、どう動くか決めるんだ。ニーノ。ダミーナイフで俺を突き刺してみろ」

少し距離があったので、一歩踏み出して右手を伸ばして突き刺そうとしたが、見事に躱《かわ》された。

「相手との距離が、腕を伸ばしても届かないほど離れていれば、今のように、相手の動きを見て躱すんだ。もし相手の足が前後に開いていれば、前に動きやすいが左右には動きにくい。だから、右か左の相手が攻撃しにくいほうへ身体をずらして避けろ。相手が左右に足を開いていれば、横へは移動しやすいから後ろへ下がれ」

先生に「交代だ」と言われてダミーナイフを返す。

今度は俺が先生の攻撃を躱す番だ。

「行くぞ、ニーノ」

「ひゃっ！」

「なんだその声は。だが、ニーノは攻撃に関してはビビリでヘタレだが、避けるのは意外と素早いな」

そりゃダミーナイフでも、殺る気で来られたら、ビビッて逃げずにはいられないよ。

続いてシヴァ、ラビ、キャティの順に練習したけど、幼児とはいえ身体能力が高い獣人だから、みんな上手に素早く避ける。

さらに、上から、横から切りつける攻撃も加えて、ダミーナイフを躱す練習をした。

「みんないいぞ。じゃあ次は、手を伸ばせば届く距離に相手がいる場合だ。ニーノ。この距離で俺を攻撃してみろ。刺しても切りつけても構わん」

再びダミーナイフを持たされ、先生に向かって真っすぐ手を突き出すと、手首をつかんで止められた。

上から切りつけようとしても、横から切りつけようとしても、下から切り上げても、手首をつかんで止められてしまう。

「こんなふうに、相手が刃物を持っていた場合、切られないようにうまく避けながら、手首をつかんで、相手に攻撃させないようにするんだ。もう一度、ゆっくりいくぞ。相手が俺は先生の指示で、再びダミーナイフをまっすぐ前に突き出した。

「体を横にずらして躱しながら、相手の手首の辺りに手を当てて反対側に押しやり、素早く相手の手首をつかむ。上から切りつけてきた場合は、切られないように手の甲側を相手の腕に当てて受け止め、くるっと手を返して、相手の手首をつかんで攻撃を止める。腕で攻撃を受け止めたら、反対の手で相手の腕をつかんでもいい。とにかく、武器を持っている手を思い通りに動かせないようにするんだ。そうして、相手からナイフを奪う」

「痛っ！」

と思った瞬間、何が起きたのか判らないほどの早業でダミーナイフを奪われていた。

「とりあえず、ナイフをまっすぐ突き出してきた相手の手首をつかんで、攻撃を止めるところまでやってみろ、ニーノ。行くぞ」

先生が俺に向かってダミーナイフを突き出してきたので、俺は思わず身体強化で床を蹴って後ろへ下がる。

「コラ！　誰が逃げろって言った？　受けるんだよ！　俺の攻撃を受け止めて見せろ！」

「いや、だって、ダミーナイフと解ってても、突き出されたら条件反射で逃げますよ」

ドミニク先生は呆れ顔で俺を見た。

「……ほんと、ビビリでヘタレだな。思いっきり手加減して、ゆっくりやるから、とにかく言われた通りやってみろ」

「解りました。ゆっくりですよ。ゆっくり」

ビビりながらも覚悟を決めた俺は、スローモーションの攻撃を躱し、先生の腕を受け止めてつかんだ。

「コレで合格ってのはどうかと思うが、お試しの入門編だから、いいことにしてやるよ。次はシヴァ。いくぞ！」

「はいっ！」

元気にお返事したシヴァは、生き生きした顔で先生の攻撃を受け止める。

「おっ！　いいぞ、シヴァ。その調子だ！　次は少し早くするぞ」

スピードを上げた攻撃にも、シヴァはちゃんと対応できた。

「次はラビだ」

「はいっ！」

大人しいラビは緊張した面持ちで先生と対峙したが、シヴァ同様、二回ともちゃんと攻撃を受け止めている。

「よしっ。じゃあ、キャティ。いくぞ」

「はいにゃ！　がんばるにゃんよ～！」

負けず嫌いなキャティも、やる気満々だ。

男の子たちより若干手加減されていたようだが、キャティもちゃんと攻撃を受け止めることができた。

攻撃パターンを変えて練習し、子供たちは筋がいいと褒められたけど、俺は――どのパターンでも高い下駄《げた》を履かせてもらったよ。

「最後に、ナイフを奪う方法を教える。しっかり相手の手首を握って、こんなふうに手首を捻って関節を極め、握っていられないようにして、ナイフを奪う。やってみろ」

先生が俺の関節を極めてレクチャーし、全員が先生からナイフを奪う練習をした。

といっても、かなり手加減されていたけど。

「ついでに、ナイフを持った相手の制圧方法をやって見せよう。ニーノ」

またナイフを持たされ、制圧方法のモデルにされて、俺だけ何度も床に転がされたよ。

散々なレッスンが終わり、先生にお礼を言って別れた。


俺たちはサブ競技場を出て、トイレで手を洗い、エントランスの休憩所へ移動する。

テーブル席に着いてすぐ、俺は氷と牛乳入りの紙コップと、洋菓子を入れる細長い手提箱を取り出し、箱の蓋を開けた。

「じゃーん！　今日のおやつはシュークリーム。遠い国の言葉で、『クリーム入りのキャベッ』っていう名前のお菓子だよ。薄い皮をキャベツに見立てているんだ」

　子供たちが鼻をヒクヒクさせながら、瞳をキラキラ輝かせて言う。

「うわんっ！　いいにおいのキャベツ！」

「おいししょーにゃんね！」

「うん♪」

　箱の中には、横向きにしたシュークリームが五つ並んでいる。

「一人一個ずつだよ。中に生クリームとカスタードクリームを入れるために、底に穴を開けているんだ。クリームがこぼれないよう、膨らんでるほうを下にして食べてね」

　俺は底に穴を開けているからそうしてるけど、脇に穴を開けた場合も、逆様《さかさま》にしたほうが、クリームがこぼれずきれいに食べられるらしいよ。

　シヴァ、キャティ、ラビの順にシュークリームを手に取り、ラビが小首を傾げて呟く。

「……あれ？　ひとつ、おおい？」

「うん。もしかしたら、今日もドミニク先生が来るかもしれないと思って――」

「呼んだか？」

　噂をすれば影。見た目に反して甘党のドミニク先生が、苦み走った笑みを浮かべてやってきた。

「ドミニク先生も、シュークリーム食べます？」

「ありがたく頂戴《ちょうだい》しよう」

俺は新たに出した牛乳入りの紙コップと一緒に、シュークリームの箱を先生に差し出す。

「クリームがたっぷり入ってるので、穴が開いてる平らなほうを上にして食べてくださいね」

「解った」

ドミニク先生は、左手で紙コップを受け取り、右手でシュークリームをつかんで、大きな口でガブッといった。

その瞬間、カッと目を見開き、うっとりと味わうように咀嚼《そしゃく》して叫ぶ。

「うおぉーっ！　うまーっ！　なんだコレ！　白いクリームと黄色いクリームが、ダブルで美味い！」

それを見た子供たちも、期待に胸を躍らせている様子でパクリと食べた。

「「おいしー！」」

シュークリームは洋菓子の定番で、見た目はやや地味だけど、人気があるんだよね。

屋台で売ったら、ウケるかな？

いやでも、庶民向けだと、シュークリームより、腹の足しになるハンバーガーや肉まんのほうがいいかもしれない。

「ところで先生。ちょっと相談したいことがあるんですけど、時間大丈夫ですか？」

「いいぞ。ニーノには美味いもんもらってるから、よほどのことがなきゃ断れねえよ」

そう言って、先生はまた、機嫌よさげにシュークリームを齧った。

「俺、事情があって、しばらくルジェール村周辺で暮らそうと思うんですが。ずっと宿暮らしというのに抵抗があって。短期更新で家を借りるとかできるんですかね？」

俺の質問に、先生は冷たいミルクで喉を潤してから答える。

「俺はルジェール村に家を建てて暮らしてるけど、現役時代は、よく月単位で家を借りてたぜ。この図体じゃ、宿のベッドは小さくてな。ダンジョンでマジックバッグを手に入れてからは、自分専用のベッドやテーブルセットを特注して、借家を渡り歩いてた。『稀少なマジックバッグなのに、そういう使い方してるのはお前くらいだ』って、よくパーティーメンバーに文句言われたぜ」

いやいや、ベッドは大事でしょう。

「ニーノも借家に興味があるなら、ギルドの相談窓口で聞いてみな。いい物件に巡り合えるよう祈ってるぜ。ごちそうさん」

ドミニク先生は機嫌よさげにそう告げて、時計を見てから席を立つ。

俺たちはゆっくりおやつを味わいながら、先生を見送った。

宿に帰って亜空間厨房へ移動すると、子供たちが両手を差し出して言う。

「おにーちゃん。おえかきするの、ちょーだい！」

「キャティも、おえかきにゃん！」

「ぼくも♪」

みんなお絵かきが好きなんだね。

俺は子供たちにお絵かき道具を渡し、微笑ましく見守りながら、夕飯支度に取りかかる。

(今日は召喚冷蔵庫に、カサゴ目の魚や殻付きベビーホタテが召喚されてるな。ブイヤベースを作るか)

洋食屋NINOのメニューにもあったブイヤベースは、もともと南フランスの地中海沿岸地域で獲れた魚介類を、香味野菜などと一緒に鍋で煮込む家庭料理だった。

けれどマルセイユが観光地になって、地元レストランの名物料理になったんだ。

(サラダはニソワーズにしよう)

ニソワーズは、地中海に面した南フランスのリゾート地ニースの郷土料理だ。

肉料理は、今日買ってきたチャージングブルとチャージングカウを、ステーキにすると決めている。

少しだけ焼いて試食したところ、肉質は硬いけど旨味が濃厚で、どちらも牧草飼育《グラス・フェッド》特有の牛臭さや、血抜き不足や雑な解体・処理の遅れによる臭みを感じなかった。

ちなみにビーフステーキを焼くときは、事前に筋切り——つまり、筋肉の硬い筋に切り込みを入れておくと、縮んで丸まったりせず、きれいに焼き上がるんだ。

下処理したあと、塩麹・醤油麹・味噌・酢・ヨーグルト・赤ワインなどの発酵食品か、蛋白質分解酵素を含む茸や野菜・果物のおろし汁やペースト、またはそれらと調味料を組み合わせた漬けだれに漬けておくと、やわらかい肉になるよ。

漬け込み液は魔道ミキサーですぐ作れて、漬け込み時間も魔道冷蔵庫を使えば一瞬だ。

肉を焼き始めると、お腹を空かせた子供たちが呟く。

「ぅわん！　いいにおい～！」

「おいししょーにゃん」

「ばんごはん、なにかなぁ……」

期待に輝く六つの瞳に急かされて、俺は手早く料理を作っては皿に盛り付け、いったん無限収納庫に仕舞った。

「そろそろテーブルを片付けて、ご飯にするよ」

子供たちに声をかけ、片づけたテーブルを拭いてマットを敷き、カトラリーをセットしていく。

「まずは前菜。『ニソワーズ』っていうサラダだよ」

サラダを見て、キャティの目がキラーンと光る。

「おしゃかにゃ！」

「これはマグロっていうお魚だよ。アンチョビ、オリーブの実、生野菜や茹で卵と合わせて、ニンニクの効いたビネグレットソース《フレンチドレッシング》で味つけしてるんだ。『いただきます』して食べようね」

みんな揃って席に着き、手を合わせて食事を始めた。

「マグロ、しゅごーく、しゅごーくおいしーにゃん！」

キャティ絶賛！

男の子たちも「「おいしい」」って、喜んで食べてくれたよ。

「サラダの次は『スープ・ドゥ・ポワゾン』。今日の魚料理の具なしスープだよ。ガーリックトーストのクルトンが入ってるから、ふやける前に、スープと一緒に食べてね」

早速スープとクルトンをすくって食べた子供たちが、パアッと瞳を輝かせた。

「「カリカリでおいしーー！」」

続いて、魚料理を取り分けていく。

「これは『ブイヤベース』。さっき食べたスープの、具がメインの料理だよ。キンメダイ、カサゴ、アカカサゴ、オニカサゴ、ホウボウ、アナゴ、イサキ、タチウオっていう白身魚と、ホタテ貝、クマエビ、ガザミっていうワタリガニを、香味野菜と、トマトとジャガイモと一緒に煮込んだんだ」

「にゃぁ～ん！　おしゃかにゃいっぱい！」

「わんっ！　おれエビとカニだいすきー！」

「ぼく、エビとカニと、おいもとトマトがすき♪」

　俺は家族と食べたブイヤベースの味を思い出し、切ないような、焦がれるような郷愁が胸にあふれてきたけど、料理を食べる子供たちの笑顔に笑みを誘われる。

「次は肉料理だけど、その前に、『レモンのグラニテ』で口直ししてね」

　グラニテは粒の荒いシャーベットで、デザートではなく、口直しのための氷菓だから、今回は少量をワンスプーンで用意した。

「うわんっ！　つめたーい！」

「しゃりしゃりにゃん！」

「あまくてすっぱい♪」

　グラニテで口の中がさっぱりしたら、メインの肉料理だ。

「肉料理は、今日買ったチャージングブルとチャージングカウのミニステーキだよ」

「うわんっ！　おにくぅー！」

「いいにおいにゃん！」

「ダンジョンのおにく、たのしみ♪」

　嬉しそうにパタパタ・プルプル・くねくね揺れていた尻尾の動きが、肉を一口食べた途端に激しくなった。

「「「おいしー！」」」

俺も食べてみたけど、いい塩梅に肉が柔らかくなって、文句なく美味いと言える。

「締めは、ブイヤベースの残りに、ご飯とチーズを入れて作ったリゾットだよ」

「うわんっ！　チーズだいすき！」

「キャティもしゅきにゃん」

「ぼくも♪」

チーズが入った、とろっとやわらかいリゾットは、みんな大喜びで食べてくれた。

ラビは料理の中で、これが一番気に入ったみたいだ。

「デザートは、完熟アップルマンゴーのブランマンジェだよ」

見た目はパンナコッタやババロアとそっくりだけど、ブランマンジェにはアーモンドパウダーが入ってる。

白と黄色で夏らしくきれいなブランマンジェに、子供たちが歓声を上げ、食べた途端にとろけるような笑みを浮かべてうっとりしてた。

やっぱり、スイーツは最強だね。

5．屋台のお手伝い

いつも通りに朝を迎え、俺は子供たちを起こさないよう、そっと亜空間厨房へ移動した。

今日はまず、冒険者ギルドの相談窓口へ行って、借家について聞くなり、詳しい人のアポを取るなりしてから、何をするか決める予定だ。

よさそうなGランクの仕事があれば依頼を受けてもいいし。森へ採取に行ってもいい。

「どちらにしろ運を上げたほうがいいから、朝食は丼物と味噌汁の和食だな」

思いつくままメニューを決めて調理して。すべての料理が完成した頃、タイミングを計ったように、開けっ放しのドアからシヴァがひょっこり顔を出す。

「おにいちゃん。ごはん、できた？」

「うん。今できたところ。ラビとキャティを起こしてくれる？」

「わかった！」

シヴァは満面の笑みを浮かべて客室へ戻った。

「ラビ！　キャティ！　おきて！　ごはんだって！」

「おはよう、シヴァ。キャティ」

「……うにゃ～ん。うにゃうにゃ……」

「もー。おきて、キャティ。ごはんがさめちゃうよ」

「おいしそうなにおい……。きっと、キャティがすきな、おさかなもあるよ」

「……おきてるにゃん。おきてるにゃんよ。うにゃうにゃ……」

漏れ聞こえてくる会話に頬を緩めながら、俺は今日の席順でマットを敷いて料理を並べていく。

どうにかキャティを起こした子供たちが、顔を洗って席に着き、俺も自分の席に座った。

「今日の朝ご飯は『温玉そぼろ丼』。白いご飯に、牛そぼろ、温泉卵、刻んだ小葱《こねぎ》と刻み海苔《のり》、紅しょうがを載せてるんだ。付け合わせは、けんちん汁、イサキの味噌焼き、ちくわの磯辺《いそべ》揚《あ》げ、焼きナスの麺つゆ浸し、たたきキュウリのゴマ酢漬けだよ。召し上がれ」

「「「いただきます」」」

シヴァとラビは温玉そぼろ丼から、キャティはイサキの味噌焼きから食べ始める。

「「おいしー！」」

「温玉そぼろ丼は、そぼろご飯と玉子を別々に食べてもいいけど、半熟の温泉玉子を割って、混ぜて食べると美味しいよ」

「うわん！　ホントだ！」

「たまご、とろとろ♪」

「おしゃかにゃもおいしーけど、こっちもおいしーにゃん！」

「うわん！　あながあいてるボーもおいしい！」

「これは魚のすり身を練って、太い串に棒状に塗って、焼いたり蒸したり茹でたりした『ちくわ』っていう食べ物に、青海苔を入れた衣をつけて油で揚げているんだ」

「これ、おしゃかにゃ!?　んにゃぁーん！　これもおいしーにゃん！」

「ほんとだ。おいしい♪」

野菜たっぷりのけんちん汁も、焼きナスも、たたきキュウリも、みんな喜んで食べてくれたよ。

「デザートは『わらび餅《もち》』。黒蜜をかけても美味しいよ」

関西ではきな粉だけで食べるけど、関東では黒蜜をかける派が多い。

俺はどっちも好きだから、半々で食べるよ。

子供たちも俺の真似をして、半分だけ黒蜜をかけて食べた。

「おれはクロミツかけないほうがすきかも」

「キャティは、かけたほうがしゅきにゃんよ！」

「どっちもおいしいとおもう♪」

意見が割れたね。

食事を終えた俺たちは、とりあえず軽装で冒険者ギルドへ向かった。

この時間帯、依頼の受付窓口は混雑してるけど、相談窓口は人がいない。

呼び出しベルを鳴らすと。

「来たな、ニーノ」

なぜかドミニク先生が奥の部屋から出てきた。

「……どうして先生が？」

「昨日はたまたま、夜間受付の当番だったんだ。相談窓口へ来た理由は分かってる。借家の件だろ？　明日の午後にでも担当者のアポを取ってやるから、今すぐ、昨夜持ち込まれた緊急依頼を受けてくれないか？」

差し出された依頼書には、こう書かれている。

『緊急依頼！　串焼き屋台の手伝い。本日、昼二時までと、明日の朝六時から昼二時まで。ただし完売した時点で終了。食事休憩あり。報酬、銀貨四枚。ギルド貢献ポイント２』

ドミニク先生は俺の顔色を窺いながら言う。

「依頼人は、Ｆランク以上の即戦力を希望している。すぐ掲示板に貼ったんだが、今は採取で稼げる時期だから、まだ引き受けてくれる冒険者がいないんだ。パーティーメンバーはGランクだが、ニーノはEランクだから、声を掛けさせてもらった。引き受けてくれないか？」

「……そうですね。いつか俺も屋台を出したいと思ってるから、ぜひやってみたいんですけど……今日までは護身格闘術のレッスンがあるから、子供たちの昼寝の時間が取れなくなるかも……」

「そのときは、レッスンの時間をずらしてやるよ。なんなら、ギルドの仮眠室で昼寝すればいい」

「だったら受けます！」

俺は『屋台の手伝い』の依頼を引き受け、手続きを済ませて子供たちと現地へ向かった。


目的地の屋台広場は、駅馬車通りを挟んで、冒険者ギルドの南側にある。

駅馬車通りといっても、馬車乗り場はギルドの西側で、東は森へ向かう道だから、ギルド前の交通量は、冒険者たちが通るくらいだ。

指定された時間よりちょっと早いけど、広場へ行くと、すでにほとんどの区画が屋台で埋まっていた。

聞くところによると、庶民は火《ひ》熾《おこ》しが大変だから、朝と昼を屋台で済ませることが多いんだって。

ちなみに屋台で火を使って調理しながら売っているのは、たいてい肉の串焼きか、肉と野菜のスープばかり。食材の違いやスパイスの配合、料理人の腕の違いがあるくらいで、バリエーションが少ない。

あとは、カットフルーツや生ジュースの屋台。薄切りの干し肉量り売り。黒パンや消費期限の長い堅パン。ローストナッツやソルティーナッツ、ドライフルーツといったおやつ類を並べて売ってる屋台がある程度で、ヘルディア王国王都の屋台広場と似たような雰囲気だ。

広場を観察しながら、指定された区画へ向かうと、女性店主が薪《まき》コンロに火を入れていた。

「おはようございます。冒険者ギルドから依頼を受けてきました」

顔を上げてこちらを見た女性店主は、俺と同年代くらいだろうか。

「Eランク冒険者のニーノです。この子たちは、俺のパーティーメンバーです。一緒にお手伝いさせてください」

「おれシヴァ！」

「ラビです」

「キャティにゃん」

挨拶を受けて、女性店主が笑顔になった。

「来てくれてありがとう！　屋台の設営は近所の人が手伝ってくれたけど、今日は一人で切り盛りしなきゃダメかと思ったわ。あたしはルイーズ。いつもは旦那と二人で、屋台で串焼きを売っているの。うちの旦那、昨日ギックリ腰やっちゃって。食材を無駄にするわけにはいかないから、慌てて冒険者ギルドに依頼を出しに行ったのよ」

「料理人のギルドとかはないんですか？」

「料理店が多い町にはあるけど、この村に住んでる料理人なら、自分で屋台を出すわ」

なるほど。それで冒険者ギルドに依頼が出ていたのか。

「うちで扱っている串焼きは、定番のホーンラビットと、ワイルドチキンと、日替わり肉よ。今日はバジャー《アナグマ》を仕入れてるの。定番肉は小銀貨一枚。日替わり肉は小銀貨二枚。お客さんから注文を聞いて、串焼きを渡して、お金を受け取ってほしいんだけど、小さい子にできるかしら？」

「俺がサポートしますので、大丈夫です。俺は料理人が本職なので、もし必要なら、調理を交代することもできますよ」

「まあ！　助かるわ。生の肉串は、この魔道冷蔵庫に入ってるの」

ルイーズさんが使っている魔道冷蔵庫は、キャンプで使うポータブル冷蔵庫みたいな、キャリーボックスタイプの魔道具だ。

ちなみに串はバーベキュー用の竹串サイズで、肉は焼き鳥の三倍くらい厚みがある。

ホーンラビットは櫛の先端に長葱っぽい野菜を刺し、ワイルドチキンは一番下に長葱っぽい野菜を刺してあった。日替わりの肉串は肉だけだ。

肉串を焼き始めると、匂いにつられてお客さんが集まってきた。

この時間帯は、夜間・早朝に働く冒険者や主婦が多い。

主婦っぽいお客さんは知り合いらしく、ルイーズさんと話し込んでる。

「あれ？　ルイーズ。今日、旦那さんは？」

「ギックリ腰で寝込んでるの。今日の日替わり肉は、あなたの好きなバジャーよ」

「やった！　あれ、脂《あぶら》が甘くて美味しいのよね。定番の串を三本ずつと、バジャーを六本ちょうだい」

主婦っぽいお客さんがそう言って、蓋つきの角型グリルパンみたいな両手鍋をルイーズさんに渡した。

ルイーズさんが肉串を鍋に盛っている間に、俺が会計を済ませる。

最初は大人二人で仕事を回してたけど、子供たちも仕事がないと退屈だよね。

「キャティ。お客さんが通りかかったら、笑顔で『いらっしゃいませー、串焼きいかがですかー？』って言えるかな？」

「いえるにゃんよ！」

「じゃあシヴァは、『ホーンラビットと、ワイルドチキンの串焼きいかがですかー?』。ラビは、『今日の日替わり肉はバジャーです。バジャーの串焼き、いかがですか?』って言ってみて」

「うんっ！　わかった！」

「がんばる！」

ってことで、子供たちに声の掛け方やタイミングを指導しながら、客引きさせてみた。

「いらっしゃいましぇー！　くしやき、いかがでしゅかー?」

キャティが声を張り上げると、通行人が足を止める。

「あら、かわいいわねー」

特に母性本能あふれる奥様方は、子供に弱い。

「ホーンラビットと、ワイルドチキンのくしやき、いかがですかー?」

「きょうのひがわりにくは、バジャーです。バジャーのくしやき、いかがですか?」

「串焼き一本いくらなの?」

「ホーンラビットと、ワイルドチキンは、いっぽん、しょうぎんかいちまいです！」

「ひがわりのバジャーは、いっぽん、しょうぎんかにまいです！」

「じゃあ、全部五本ずつお願いね」

「かしこまりました。銀貨二枚になります」

品物の受け渡しと、代金の受け取りは俺の担当だ。

「「「ありがとうございました！」」」

「ありがとにゃーん！」

子供たちを見て近寄ってくる主婦が多いから、結構忙しい。

でも、モーニングタイムが終わる頃には、人通りが疎《まば》らになっていた。

「お昼前後はまた忙しくなるから、今のうちに三十分ほど休憩してきて。これ、賄《まかな》いよ」

そう言ってルイーズさんが、串焼きを一人一本ずつ渡してくれた。

肉の間に長葱っぽい野菜を挟んだ串焼きで、鑑定によると、先端からホーンラビット、ポネリー、ワイルドチキン、ポネリー、バジャーとなっている。

「向こうにベンチがあるから、座って食べよう」

ヘルディア王都の屋台広場で食べた串焼きとスープも、宿場町の宿で食べた料理も、生臭くて、塩辛くて、硬くて美味しくなかったから、この国に来てからは、まだ他人が作った料理を食べてない。

経験上あまり期待できないけど、せっかくもらったんだから、思い切って食べてみた。

ちなみにホーンラビットの肉は、養殖兎《ラパン》や野兎《リエーブル》より臭みが強く、肉質が硬い。

（肉の品質は悪いけど、焼き加減も塩加減もちょうどいいし、ハーブソルトの配合は美味しいんじゃないかな？）

ポネリーっていう長葱っぽい野菜は、フランス語でポワロー、英語でリーキと呼ばれている、西洋葱みたいな味。

ワイルドチキンは、臭みが強くて硬い地鶏って感じ？

バジャーは確かに、この三種類の中では一番旨味を感じる肉だ。臭みさえなければ美味しいような気がする。ぜひ自分で狩って、スキルで解体して、料理してみたい。

そんなことを考えながら食べていると、微妙な顔の子供たちがポツリと漏らす。

「……このおにく、なんかくさい……」

「……くさくて、かたい……」

「おにーちゃんのごはんのほうが、おいしいにゃん」

うちの子たち、俺のせいですっかり口が奢《おご》っちゃったなぁ。

俺は小声でこそっと言い聞かせる。

「そういうことは、思ってても、言っちゃダメ」

「「「なんでー？」」」

「作った人がガッカリするでしょ。お客さんも、そういう話を聞いたら、買いたくなくなっちゃうよ。そもそも俺のアイテムボックスは特別製だから、使ってる肉が違うんだ」

子供たちは釈然としない顔をしているが、一応納得したようだ。

「今日はお昼ご飯が遅くなると思うから、おやつ用の焼き菓子も食べようか」

「「「わぁーい！」」」

万歳して喜ぶ子供たちに笑みを誘われながら、俺はダミーのボディバッグに手を入れて、グラシン袋とシールで個包装したマドレーヌと、蓋つき紙コップ入りの飲物を、アイテムボックスから取り出して配る。

「ホタテ貝の形をした『マドレーヌ』っていうお菓子と、ハニーレモネードだよ」

蜂蜜とレモン汁とバニラエッセンスを加えたマドレーヌは、しっとりやわらかで、甘くてさわやかな風味がする。

俺的には紅茶が一番合うと思うけど、子供たちが飲めないからレモネードにしたんだ。

レモネードには疲労回復効果や、喉の痛みや炎症を抑える効果があるから、客引きしている子供たちにはピッタリの飲物だよね。

「あっ！　みんな、ちょっと待って。食べる前におてて出して」

じかに触らず食べられるよう個包装にしたけど、子供たちが中身を取り出さないとは限らないから、念のため浄化魔法をかけておく。

「《浄化消毒《クリーン》》はい、きれいになった。食べていいよ」

危惧した通り、子供たちは半透明のグラシン袋を開封し、中のお菓子を直接手に取ってはしゃぐ。

「うわん！　ホントにカイのかたちだ！」

「これ、きのうの、おしゃかにゃのシュープに、はいってたカイにゃん！」

「ピラフにも、ピザにも、はいってたよ。このおかし、ホタテガイのかたちなのに、どうしてマドレーヌっていうの？」

「マドレーヌっていう人が作ったとか、いろいろ言われてるけど、ずいぶん昔のことだから、よく分からないんだ」

子供たちは嬉しそうにマドレーヌを一口齧《かじ》って、満面の笑みを浮かべた。

「「おいしー！」」

俺も屋台広場の時計台を横目で見ながら、ゆっくりおやつを堪能する。

時間が来たので、俺たちは休憩を終えて屋台へ戻った。

「お先に休憩いただきました。賄い、ありがとうございました」

「どういたしまして。私もちゃちゃっと屋台の陰で賄い食べちゃうから、火の番しててくれる？」

「もちろんです。ごゆっくりどうぞ。あ、よかったらこれも召し上がってください。俺が作った『マドレーヌ』っていうお菓子です。ホタテ貝を模したマドレーヌは、夫婦仲がますますよくなる縁起菓子《ラッキースイーツ》なんですよ。夏場は賞味期限が短いけど、明日までは大丈夫なので、一つは旦那さんへのお見舞いです」

そう言って、俺はラッピングしたマドレーヌを二つ、バッグから出したふりをしてルイーズさんに手渡す。

「まあ……気を遣わなくてもいいのに。でも、ありがとう。そんなお菓子があるなら、ぜひ食べてみたいから、遠慮なく頂くわ」

ルイーズさんは恐縮しつつも嬉しそうに受け取って、屋台の裏手に移動する。

俺がルイーズさんの代わりに肉串を焼き始めると、子供たちも、まばらに通る人々に声をかけて客引きを始めた。

しばらくそうしていると、突然ルイーズさんが叫んだ。

「なにこれ！　甘くてすっごく美味しい！」

女性は大抵、甘いお菓子が好きだもんね。

休憩を終えたルイーズさんは、まだ甘味の余韻に浸っているようだ。

「ほんっと、美味しかった……。あたし、昨日までは、独身時代に旦那が買ってきてくれた、王都土産《みやげ》のビスケットが一番美味しいお菓子だと思ってたけど、マドレーヌのほうがはるかに美味しかったわ！　ニーノさん。このお菓子、屋台で売らないの？」

「売りたいけど、この国での適正価格も、お菓子に需要があるのかも判らないんです。ルイーズさんだったら、いくらなら買います？」

「……そうねぇ。小さい黒パンや堅《かた》パン、おやつ用のドライフルーツやナッツ類は銅貨で買えるし。屋台の料理は、小銀貨一枚から三枚くらい。高くても半銀貨一枚が相場だわ。

材料費を考えると安売りはできないだろうし、半銀貨一枚でも売れるとは思うけど、ちょっと買うのに勇気がいるわね。小銀貨二、三枚までじゃないと、気軽には買えないなぁ。でも、領都ブルワールや港湾都市アルレット、南東部の温泉街とかでお店を出すなら、もっと高くても、貴族様やお金持ちに売れると思うわ」

「ええっ!?　温泉街があるんですか?」

「あるわよ。美食のダンジョンがある山の近くに。辺境伯領南東部の山地には五つのダンジョンがあって、その辺りで稼いでる冒険者は、必ず温泉街に立ち寄るんですって。屋台を始める前は冒険者だった旦那が言ってたわ」

シヴァが浸かったことがある『あったかいお湯』って、その温泉だったのかも。

落ち着いたら、温泉に行ってみたいな。

「いろいろ参考になりました。ありがとうございます」

しばらく人通りが少なかったから、そんな話をする余裕もあったが、アイドルタイムが終ったようで、屋台広場へ昼食を買いに来る人が増えてきた。

もともと人気の屋台なのかもしれないけど、うちの子たちの可愛い客引きが好評で、ランチタイムも足を止めて買ってくれる人が多い。

お陰で日替わりのバジャー串は昼前に完売し、正午を少し回った頃に、すべての肉串が売り切れた。

ルイーズさんが満面の笑みを浮かべて俺たちに言う。

「今日は可愛い呼び込みのお陰で、いつもより早く仕事が終わったわ。ありがとう」

「どういたしまして。後片付けは、何をすればいいですか？」

「コンロの薪を金属バケツに移して、蓋をするの。そうしたら、自然に火が消えるわ。その間に、商業ギルドでレンタルしている屋台の掃除よ」

「じゃあ火消しは俺がやります。《火を消す》《イクスティングイッシュ》」

「えっ⁉　魔法⁉」

「俺、魔法師なんです。掃除も手伝いますね。《浄化消毒》《クリーン》」

「ええええっ⁉　屋台がピカピカ！　なんでこんな有能な魔法師がEランクなの⁉」

「子供たちとパーティーを組むため、八日前に料理人から冒険者に転職したんです」

「なるほどね。じゃあ、屋台を商業ギルドへ返しに行くのを手伝ってくれる？」

「解りました」

商業ギルドは屋台広場のすぐ側だ。

魔道冷蔵庫以外を返却したルイーズさんは、改めて俺たちに言う。

「今日は本当に助かったわ。ありがとう。明日もよろしくね」

「こちらこそ、明日もよろしくお願いします」

「よろしくにゃん！」

「またあした！」

「よろしくおねがいします」

俺たちは必要書類にサインをもらって、ルイーズさんと別れた。

あとは依頼達成報告がてら、レッスン開始時間変更の件をドミニク先生に連絡するため、冒険者ギルドへ行くだけだ。


宿へ帰って亜空間厨房へ移動し、俺は昼食作りに取り掛かった。

今日は手早く作れる『たらことしらす干しのショートパスタ』だ。

螺旋状のフジッリを茹でて、たらこ・しらす干し・刻んだ大葉・昆布茶・有塩バター・レモン汁を混ぜたソースを絡め、刻み海苔を散らすだけ。

おやつが肉串だったから、分量はいつもより軽めにしよう。

作り置きのコンソメをアレンジしたスープと、サラダも作って、プレースマットを敷いたテーブルの上に料理を並べていく。

子供たちは期待に瞳を輝かせながら、いそいそと自分の席に座った。

「お待たせ。今日のランチは、『たらことしらすのパスタ』と、『ベーコンと野菜のコンソメスープ』と、『カプレーゼ』っていうサラダだよ」

カプレーゼは、イタリア南部に位置するカプリ島発祥のサラダで、トマト、バジル、モッツァレラチーズを彩りよく盛り付け、塩、黒胡椒、オリーブオイルで味つけしているんだ。簡単だけど、見栄えが良くて食欲をそそる。

「「「いただきます」」」

みんな揃って手を合わせてから、食事を始めた。

「にゃーん！　ちっちゃいおしゃかにゃと、ピンクのつぶつぶがおいしーにゃん！」

たらこパスタにしらす干しを加えたのは、キャティが喜ぶと思ったから。

「パスタもおいしいけど、おれはベーコンがいちばんすき！」

スープはシヴァが喜ぶように、厚切りベーコンを使った。

「トマトとチーズとはっぱのサラダもおいしいよ！」

サラダをカプレーゼにしたのは、みんなの好物を満遍《まんべん》なく取り入れるため。

「デザートは、ピオーネっていうブドウのゼリーだよ」

ピオーネの皮で色付けしたゼリーの中には、実がたっぷり入っている。

「「「ゼリーもおいしー！」」」

今日のランチも、みんなの美味しい笑顔、たくさんいただきました！

食後にしっかりお昼寝タイムを確保して、すっきりしてから、子供たちを連れて冒険者ギルドへ向かった。

護身格闘術入門コースのレッスンは、今日が最終日だ。

いつもより三十分遅く第二訓練棟のサブ競技場へ行くと、すでにドミニク先生が来て、レッスンの準備をしていた。

「「「「おはようございます」」」」

振り返った先生が挨拶を返す。

「おう、おはよう。ニーノ。今日は助かったぜ。依頼を受けてくれてありがとうな」

「どういたしまして。ところでこの人形はなんなんですか？」

サブ競技場の真ん中には、大人サイズの人形一体と、子供サイズの人形三体が、人形スタンドを使って自立している。人形はすべて、服を着てないのっぺらぼうの関節球体人形だ。

「これは、捕縛術《ほばくじゅつ》のレッスンに使う人形だ。敵を拘束して無力化できれば、無用な殺生《せっしょう》を避けられるし。尋問して仲間の存在や余罪を吐かせることもできる。情報を得て芋づる式に検挙できたら、一石二鳥にも三鳥にもなるから、効果的で効率のいい捕縛術を教えているんだ」

俺の質問に答えたドミニク先生が、今度は子供たちに言う。

「この訓練用の人形は、悪いことをする危ない奴だ。動けないように、このロープで縛れるか？　子供たちには、まだちょっと難しいかな？」

「できる！　おれ、ほんむすびと、ちょうちょむすびができるんだよ！　きがえのれんしゅうで、おにいちゃんに、おしえてもらった！」

「ぼくもできるよ」

「キャティもできるにゃん！」

いやいや、キャティはまだ、縦結びと、縦結びのちょうちょ結びになってるよ。

先生は子供たちの自己申告に、満足げな笑みを浮かべて頷く。

「よし。じゃあ、一人でどこまでできるかテストするから、人形を縛ってみろ」

「「「はい」」」

一応返事はしたものの、困惑せずにはいられない。

(これを縛るの？　どうしよう。俺、ブロック肉ならしょっちゅう縛ってたけど、人形なんて縛ったことないよ。……ブロック肉といえば、今夜はローストビーフにしようかな)

考え事をしていたせいか、なんとなく習慣的に手が動いてた。

「随分手際《てぎわ》よくマニアックな縛り方をしているが、ニーノはそういう趣味があるのか？」

「えっ!?」

先生に声を掛けられて驚いたよ。

気がついたら俺、訓練用の人形をブロック肉縛りにしていたんだ！

「違っ！　これはブロック肉の縛り方で、人型のものを縛ったのは初めてです！」

「ふぅん。新たな扉を開かないように気をつけろよ」

そんな扉開きたくないし、開くつもりもないけど——人形をブロック肉縛りにしている現実を目《ま》の当たりにしたら、何も言い返せない。

「せんせー！　できたよ！」

「おう、シヴァ。両手を後ろに回して縛ったのはいいぞ。こうすると動きにくくなるからな。足首をまとめて縛ったのも上出来だ」

褒められたシヴァはドヤ顔で笑いながら胸を張っている。

「ぼくもできた」

「ラビは両手を前にして、手足を縛ったんだな」

「だって、ずっとうでをうしろにしたままだと、かたがいたいよ」

「ラビは優しいな。でも、これだと腕を動かして反撃されるから、前で縛るときは、お祈りするみたいな恰好で、手を体に縛り付けたほうがいいぞ。やってみろ」

「はい」

ラビはもう一本ロープを使って、人形の腕を体に固定した。

「いいぞ。ラビも合格だ」

「キャティもできたにゃんよ」

「おーっ、キャティは腕ごと胴体を縛ったんだな。ロープが緩んで解けないように結んでいたら完璧だ」

先生は俺に対しては毒舌で、『ビビリ』とか『ヘタレ』とかよく言うけど、基本的に、小さい子は褒めて伸ばす方針だ。上手くできなくても、否定的な言葉を使わず、子供にも解りやすい言い回しで、もっと上手いやり方を指導してくれる。子供相手のレッスンに慣れているんだろうね。

「やり過ぎ感が半端ないニーノ以外は、みんなよくできていた。だが、一対一で悪者を捕まえる場合、相手は逃げようとして暴れるから、なるべく素早く縛り上げなきゃいけない。それを『早縄《はやなわ》』と言うんだが、今から俺が、このロープを使ってお手本を見せる」

先生が持っているロープは、一方が輪になるように結んであった。

「ニーノ。今からお前を捕縛するから、適当に抵抗しろよ。いくぞ」

「えっ!?　いや、ちょっと待っ……」

抵抗しようと思う間もなく右手を捻り上げられ、手首にロープの輪を掛けられて、ロープを引っ張られた途端、手首がキュッとしまった。

右手を頭の後ろに回され、後ろ手に捻り上げられた左手首にロープを巻き付けられたら、もう抵抗なんてできない。

「いでででで！　痛いです、先生！」

「痛いように縛ってるんだ。これで、捕まえた悪者を、安全に兵士の詰め所に引っ張っていけるぞ。縄を解くのも簡単だ」

絶対外せそうにない締め具合だったのに、先生がロープを解くのは一瞬だった。

「素早く縛り上げるコツは、ロープの片側に作った輪だ。輪の結び目は、馬を樹や柵に繋ぐときの結び方で、こうやって輪を引っかけてロープを引っ張ると、固く締まるんだ」

先生はそう言いながら、自分の左手首に輪をかけて、ロープを引っ張る。

「外すときは、結び目のところに残してある、反対側のロープの端を引っ張るだけだ。この結び方は、いろいろ役に立つから、覚えておくといいぞ」

そう言って先生が、ロープの結び方をレクチャーしてくれた。

「できました、先生」

「一度見ただけで覚えるなんて、さすがだな、ニーノ。縛り慣れているだけある」

「人聞きの悪い言い方しないでくださいよ。大事なことだから何度でも言いますけど、俺は料理するために肉を縛ってただけなんです」

「はいはい、解った解った。ニーノは子供たちが練習している間に、縛った人形のロープを解いてくれ」

さんざんイジられた上に、あとで解かなきゃいけないんだから、こんな手間のかかる縛り方するんじゃなかったよ。

（先生も縛り終わるまで黙って見ていないで、止めてくれればよかったのに……）

なんて心の中で愚痴りながらロープを解いていると、苦戦している子供たちの声が聞こえてきた。

「うわん！　これどうやってるの？」

「わかんにゃいにゃん！」

「あっ、できた」

手先が器用なラビは、ちょうちょ結びもすぐできるようになったけど、馬繋ぎの結び方も、一番に成功したんだね。

「上手にできてるぞ、ラビ。凄いじゃないか」

褒められたラビは頬を赤らめ、はにかむように微笑んだ。

「おれもがんばるぞ！」

「まけにゃいにゃんよ！」

好奇心旺盛で熱中しやすいシヴァも、負けず嫌いなキャティもやる気満々で、俺がロープを解いている間に、かなり練習したみたい。

しばらくして、シヴァがはしゃいだ声を上げた。

「やったぁ！　おれもできたよ！　みてみて！」

「うん。シヴァも上手にできてる。凄いぞ」

男の子たちは結べたけど、三歳児のキャティにはまだ難しいみたいだね。

「……できにゃいにゃん」

「ここをこうやって、こうするんだ」

ドミニク先生はキャテイの後ろに回って、懇切丁寧に補助してくれた。

「キャティもできたにゃんよ！」

子供たちはまだマスターしたとは言えない状態だけど、何度も繰り返し練習させれば、そのうち一人で結べるようになるだろう。

「先生。ロープ、解き終わりました」

「ご苦労さん。じゃあ、訓練用の人形を使って、悪者を素早く縛り上げる訓練をするぞ」

「先生。訓練用の人形があるのに、俺が犯人役で縛られる必要ってあったんですか？」

「あるに決まってるだろう。人形は動かないんだ。抵抗しない相手を縛ってもリアリティーがない」

「俺も抵抗できませんでしたよ」

「抵抗しないのと、抵抗できないのは違うだろう。ごちゃごちゃ言ってないで練習しろ」

先生に促され、俺たちは人形相手に、犯罪者をお縄にする訓練をした。

（こういうの、弟なら『御用だ御用だ』とか言いながら、喜んでやっただろうな）

一時期、忍者モノや侍モノにのめり込んでいたオタクの弟は、今も趣味全開でお金をつぎ込んでいるんだろうか。

兄ちゃんは、早縄も捕物も興味ないけど、異世界では必要らしいから、イタイ思いをしながら、頑張って真剣に習ってるよ。

「なかなか様になってきたじゃないか、ニーノ」

「……ありがとうございます？」

「なんで疑問形なんだ」

そこでシヴァが勢い込んで割って入った。

「ぅわん！　せんせー！　おれは？　おれは？」

「おう。シヴァも様になってるぞ」

「やったぁ！」

「ラビもキャティも、見違えるほど素早く縛れるようになったじゃないか」

「がんばったにゃん」

「ぼくも、がんばったの」

先生は子供たち全員を褒めてから言う。

「捕縛術のやり方はいろいろある。今使っているようなロープがない場合、衣類の紐やベルトを使ってもいい。両手の親指同士と、両足の親指同士を縛るだけでも動けなくなるから、相手の靴を奪って靴紐を使うという手もあるぞ」

縛られた状態でぴょんぴょん跳んで逃げようにも、屋外で裸足じゃ怪我しちゃうから、
それは二重に効果あるよね。

「冒険者ギルドの売店でロープを売ってるから、今日教えた結び方を忘れないよう、しっかり復習するように。入門コースはこれで終わりだ。もっとレッスンを受けたければ、基礎訓練コースもある。大人は有料だが、子供の団体レッスンは無料だから、気軽にレッスンを受けに来てくれ。じゃあ、お疲れさん」

「「「ありがとうございました！」」」

身体強化魔法の使い方が知りたくて、護身格闘術入門コースのレッスンを受けたけど、それ以外でも、いろんな経験ができた。

俺的には、もっと訓練したいとは思わないけど、子供たちがやりたいなら、付き合うのもやぶさかではない。

剣術、槍術、弓術、棍棒術、投擲《とうてき》術、盾術の入門コースにも興味がある。

俺は魔法で戦えるけど、子供たちには武器が必要だからね。

「さて。手を洗って、エントランスの休憩所でおやつしよう」

「「わーい！」」

子供たちは浮かれて尻尾を振ったり、飛び跳ねたり、スキップしたりしている。

それを微笑ましく思いながらも窘め、トイレに寄って、休憩所へ移動した。

夏場は夜から朝にかけて働く冒険者や、夜明け前や早朝から昼まで働く冒険者が多いから、この時間帯の冒険者ギルドはどこも空いている。

テーブル席に陣取って、俺はアイテムボックスから菓子箱を取り出した。

「今日のおやつは『ミートパイ』。お肉が入った、甘くないお菓子だよ」

「うわんっ！　おにく!?」

「あまくないおかし？」

「どんなおかしにゃん？」

甘いお菓子が大好きな子供たちだけど、お肉も好きだから、好奇心に瞳を輝かせてる。

ワックスペーパーでキャンディ包みにしたミートパイと、冷たい牛乳が入った紙コップを配っていると、今日もドミニク先生がやってきた。

「おっ、今日もここでおやつを食べるのか」

これ、絶対食べるつもりで来てるよね？

「今日は甘くないお菓子だけど、それでもよければ、先生の分もありますよ」

「じゃあ、遠慮なく相伴《しょうばん》させてもらうぜ」

どかっと椅子に座った先生は、子供たちに笑いかけた。

「今日はどんな菓子なのか楽しみだな」

「「「うんっ！」」」

俺は先生にもミートパイと牛乳を配り、手を合わせて言う。

「どうぞ、召し上がれ。いただきます」

「「「いただきます！」」」

早速包みを開いて食べ始めた子供たちが、尻尾を歓喜に震わせながら、可愛い声を張り上げる。

「「「おいしー！」」」

ドミニク先生も、一口食べて「うおおーっ！」と叫んだ。

「なんだこれ！　めちゃくちゃ美味いじゃねーか！」

「チャージングブルとチャージングカウの合挽肉を使ったミートパイです。昨日市場へ行ったら、たまたま美食のダンジョン産の肉を売っていたので、買ってみました」

「はぁ～!?　肉は買うもんじゃなくて、狩るもんだろう！」

「美食のダンジョンは、Cランク以上じゃないと入れませんから」

「……確かにそうだが、いったいいくらで買ったんだ？」

「合計五キロで、金貨三枚と小金貨四枚でした」

「金貨を使って肉を買う冒険者がいるなんて、信じらんねぇよ！　それにしても美味い。ニーノは肉料理も上手いんだな。いくら美食のダンジョン産の肉だからって、これは美味すぎるぜ！」

「うますぎるぜー！」

「う……、うますぎるぜ……」

「…………」

無邪気に真似するシヴァと、恥ずかしそうにほっぺを赤くしてどもるラビと、二人に呆れた眼差しを向けるおしゃまなキャティが可愛すぎる。

微笑ましく思いながらミートパイを齧っていると、ドミニク先生が、ふと思い出したように言う。

「……そういえば借家の件だが、明日の午後二時以降なら、不動産部門担当者の都合がつくそうだ。昼寝してから来るにしても、屋台の仕事が終わったら、依頼達成報告がてら、相談に来る時間を予約しておけば、待ち時間なしで話ができるぜ」

「解りました。ありがとうございます」

「じゃあ俺、行くわ。いい家が見つかるといいな」

食べ終わった先生が立ち去り、俺たちものんびりおやつを食べてから、売店で練習用のロープを買って、冒険者ギルドをあとにした。

宿に帰って亜空間厨房へ移動し、手洗いと嗽《うがい》を終えると、子供たちがキラキラした瞳で俺に訴える。

「おにーちゃん！　おれ、おえかきしたい！」

「キャティもおえかきにゃん！」

「ぼくも♪」

みんなお絵描きにハマったんだね。

「じゃあ、晩御飯まで、お絵描きして遊んでてね」

子供の遊びに使える物が召喚されててよかったよ。

この世界には積木とかブロックとか、子供向けの玩具ってあるのかな？

(ある程度広い家を借りられたら、子供が喜ぶ玩具も欲しいな)

心の中で呟いて、俺は子供たちにお絵かき道具を渡し、夕飯支度に取りかかった。

メインの肉料理は、洋食屋ＮＩＮＯ特製ローストビーフ。

魚料理は、真鯛《まだい》と、マッシュルームとプチトマトとブロッコリーを使ったアヒージョ。

オリーブオイルとニンニクで食材を煮込んだスペイン料理だ。

パンは焼きたてのバゲット。外はカリッとしてるけど、中はふわふわモチモチだよ。

スープは、ロールキャベツ入りのコンソメスープ。

サラダは、フレンチポテトサラダ。ポテトサラダの具材を、りんご酢を使ったフレンチドレッシングで和えるんだ。

「みんな～、ご飯できたよ～」

「「「はーい！」」」

子供たちがお絵かき道具を片付け、俺はテーブルを整えていく。

全員自分の席に座ったところで、まずはサラダをサーブした。

「これは『フレンチポテトサラダ』だよ。よく噛んで食べてね」

手を合わせて「いただきます」と言ってから、みんなサラダを食べ始める。

「「「おいしー！」」」

「おれ、おやさい、あんまりすきじゃなかったけど、おにーちゃんのごはんなら、おやさいもすっごくおいしい！」

「キャティもにゃん！」

「ぼく、おやさいもすき♪　おいものサラダ、まえにたべたのとちがうあじ。どっちもすっごくおいしいよ♪」

そう言ってくれると、俺も嬉しい。

「つぎは、ロールキャベツのコンソメスープだよ。スプーンで食べてね」

　コンソメスープの中に入っているロールキャベツは、スプーンで切れるほどやわらかく煮込んでいる。

「ぅわん！　これ、キャベツのなかに、ハンバーグみたいなおにくがはいってる！」

「おいしーにゃん！」

「キャベツ、とろとろ♪」

　みんな気に入ってくれたみたいだね。

「魚料理は、真鯛のアヒージョだよ」

「おしゃかにゃ！」

　キャティのおめめがキラーンと光った。

「焼きたてのパンもどうぞ。お魚やお野菜を食べたあと、残った汁をパンにつけて食べると美味しいよ」

　子供たちがうっかりパンを食べ過ぎて困らないよう、一切れずつサーブした。

「うわん！　おさかなりょうりも、やきたてのパンも、いいにおい〜！」

「んにゃーん！　おしゃかにゃ、しゅごーくおいしーにゃん！」

「やきたてのパン、あったかくてふわふわ♪」

「このしる、いろんなあじがして、すっごくおいしい！」

　鼻が利くシヴァは、きっと味覚も鋭いんだろうね。

「メイン料理の前に口直し。パイナップルのグラニテだよ」

ミキサーにかけたパイナップルと、細かく刻んだパイナップルを混ぜて作ったグラニテは、今日もワンスプーンにしておいた。

「「「んーっ！」」」

甘酸っぱさと冷たさに、そろって目を細める子供たちが可愛らしい。

「つぎはメインのローストビーフだよ」

ベビーリーフを添えて、ソースをかけたローストビーフは、見るからに美味しそうだ。

「パンはお代わり自由だけど、デザートもあるから、食べ過ぎないでね」

「「「うんっ！」」」

肉が大好きなシヴァは、回転するほど激しく尻尾を振ってるよ。

「うわん！　このおにくも、いいにお～い！　やわらかくておいしー！」

硬い骨までバリボリ食べちゃうシヴァだけど、肉はやわらかいほうが好きなんだね。

「おにくも、おにーちゃんのごはんがいちばんにゃん！」

「うん♪　おにくのしるも、パンにつけてたべるとおいしいね♪」

キャティもラビも、本当に美味しそうに食べてくれる。

「デザートは、桃とパンナコッタのヴェリーヌだよ」

ヴェリーヌは、脚のないガラスの器に、層を重ねて盛り付けられた料理だ。

下からパンナコッタ、赤い柘榴《ざくろ》のグレナデンシロップを使った桃のムース、桃のジュレとカットした桃を重ね、濃いピンクのナデシコ《エディブルフラワー》をトッピングしている。

「ぅわんっ！　あま～い、いいにおい！」

「きれーにゃんね！」

「おいしそう♪」

うわー！　みんな、とろけそうな笑顔だね。

「「おいしー！」」

今日もたくさん子供たちの笑顔が見られて、楽しい一日だったよ。

◇◆◇

今日は朝六時から、昨日と同じ屋台の手伝いだ。

「運やステータスを上げる必要はないから、アメリカンブレックファーストにするか。クロワッサンのサンドイッチが食べたいな」

俺はクロワッサンを焼いて縦方向の切れ目を入れ、レタス、スモークサーモン、玉ねぎのマリネ、クリームチーズを挟んで、ブラックペッパーをかけた。

続いて一つ目の半熟ハムエッグと、ソーセージ、ハッシュドポテトをフライパンで焼いていく。

キュウリとトマトとツナのレモンマヨネーズサラダと、冷たいミルクと、搾りたてのマンダリンオレンジジュースもつけよう。

デザートはフルーツヨーグルト。

俺が朝食を作っている間に、早起きのシヴァがラビを起こし、二人でキャティを起こしてくれた。

「おはよう、みんな。朝ご飯できてるよ」

デザート以外のメニューが並んだ食卓を見て、子供たちが歓声を上げる。

「うわん！　ソーセージがある！　いいにおい！」

「おいししょーにゃん！」

「たべるの、たのしみ♪」

「サンドイッチには、キャティが好きなスモークサーモンが入ってるんだ。キャティが好きなピンクのお魚だよ。サラダにも『ツナ』っていう、お魚の油漬けが入ってるからね」

「んにゃーん！　うれしーにゃん！」

「ハッシュドポテトは塩味が付いてるよ。こっちのハムエッグも、軽く塩コショウを振ってるから、何もかけなくてもいいけど、好みでソースか醤油をかけてもいい。ケチャップやマヨネーズをかける人もいるし。ちょっとだけ、調味料をかけてみる？」

「「「うんっ！」」」

子供たちには、端のほうにほんのちょっとずつ、ソース、醤油、ケチャップ、マヨネーズをかけてあげた。

俺は、ハムエッグにはソース派だ。

「キャティ、ショーユがしゅきにゃん！　とろっとしたきいろいのとまぜまぜして、しろいところをたべるにゃんよ！」

「おれ、ソースとケチャップかけたい！」

「ぼく、しょうゆとマヨネーズ」

俺が各自の好みに合わせて、もう一度ハムエッグに調味料をかけたした。子供たちに任せてうっかり掛け過ぎたら、塩辛くて食べられなくなっちゃうからね。

「食後のデザートは、いちじくとレーズンが入った蜂蜜がけヨーグルトだよ」

みんな果物も蜂蜜もヨーグルトも大好きだから、喜んで食べてくれた。


ルイーズさん夫婦は月極めで屋台広場の区画を借りているから、屋台を出しているのは昨日と同じところだ。

少し早めに現地へ行くと、ルイーズさんはすでに薪コンロに火を入れ、肉串を焼いていた。

「おはようございます」

声をかけると、ルイーズさんが俺を見て朗らかに笑う。

「ああ、ニーノさん。昨日はありがとう。お土産のお菓子、旦那もすごく喜んでたわ。今日もよろしくお願いします」

「こちらこそ、よろしくお願いします」

「ちびちゃんたちも、よろしくね」

「「はーい！」」

「今日の日替わり肉は、ワイルドシープのラム肉よ。これも一本、小銀貨二枚なの」

「じゃあラビ。『今日の日替わり肉は、ワイルドシープのラム肉です。ラム肉の串焼き、いかがですか？』って、お客さんに言ってくれる？」

「うんっ！」

「シヴァとキャティは、昨日と同じね」

「「はーい！」」

今日も子供たちの呼び込みで、主婦層のお客さんが次々と買いに来てくれる。

調理を交代したとき肉の残量を確認したけど、この調子なら、今日も予定より早く終わるだろう。

「ニーノさん。お客さん少なくなってきたから休憩して。これ、賄いね」

賄い用の肉串を一本ずつ受け取って、屋台広場の空いているベンチを探して移動した。

子供たちは微妙な顔で、耳と尻尾をへにょーんとさせて、黙って串焼きを食べている。

ヘルディア王都の屋台飯や、宿場町の宿の料理に比べたら、森に面したカナーン村の宿やここの串焼きは、顔をしかめるほどひどい味じゃないんだけどね。

「デザートはクッキーと、ハニーレモネードだよ」

俺は今日も全員の手に浄化魔法をかけ、ボディバッグから出したふりをして、クッキーの箱と紙コップ入りのレモネードを取り出した。

蓋を開けると、四つに仕切られた箱の中に、四種類のクッキーが入っている。

それを見た子供たちの耳と尻尾が元気に動き出す。

「うわん！　いいにおい～！」

「きれいにゃん！」

「いろんなもようがある」

「これは冷たいところで寝かせた二色のクッキー生地を、模様ができるよう組み合わせて、細長い棒みたいにして、もう一度寝かせて、輪切りにして焼いたんだ」

「ぅわん！　くっきーもねるの？」

「しらなかった……」

「……ビックリにゃん」

「寝かせるっていうのは、触らず静かに置いておくことだよ。このマーブル模様は、プレーンとイチゴ。市松模様は、紫芋とカボチャ。渦巻き模様は、ほうれん草と人参。縞模様は、黒ゴマときな粉だよ」

　まだココアや抹茶はなるべく使いたくないから、イチゴパウダーやきな粉、黒ゴマや野菜のペーストを生地に練り込んで、色と味を付けている。

「四種類を一個ずつだよ。食べる前におてて出して。《浄化消毒《クリーン》》はい、食べていいよ」

　子供たちは、どれから食べるか迷いながら、クッキーを一枚取って食べた。

「わんっ！　おいしー！　あまいおいもと、カボチャのあじがする！」

「イチゴのクッキー、かわいくて、おいしーにゃん！」

「ほうれんそうと、にんじんもおいしい♪」

「黒ゴマきな粉クッキーも、香ばしくて美味しいよ」

「ぅわん！　ほんとだ！」

「じぇんぶおいしーにゃん」

「うんっ♪」

おやつを食べ終わった子供たちは、満足した様子でニコニコ笑っている。

休憩時間が終わる少し前に腰を上げ、俺は子供たちを連れて屋台に戻った。

「お先に休憩いただきました。ルイーズさんも休憩してください」

「ありがとう。じゃあ、あたしもささっと、早めの昼食を食べてくるわね」

「これ、さっき食後に食べたクッキーです。よかったらルイーズさんもどうぞ。試食して、ルイーズさんが売るとしたら、これをいくらで売るか。いくらなら買うか。アドバイスしてもらえるとうれしいです」

そう言って箱入りクッキーを差し出すと、ルイーズさんが嬉しそうに笑う。

「いいわよ。それだけでニーノさんのお菓子が食べられるなんて、役得ね」

ルイーズさんはいそいそと、屋台の裏へ回って食事を始めた。

代わりに店番していると、しばらくして、ルイーズさんが驚いた様子で叫んだ。

「うわっ、なにこれ！　こんな焼き菓子初めて見た！　カラフルでキレイ！　しかも美味しい！　全部味が違うわ！」

興奮した様子で戻ってきたルイーズさんは、俺の正面に立ち、捲し立てるように言う。

「ニーノさん！　あなたお菓子作りの天才ね！　王都や大きな都市で店を出せば、絶対売れるわ！　でもそれじゃあたしが買えなくなるから、ぜひこの村の屋台で売ってほしい！

お試し用に一枚単位か、数種類を一枚ずつ小袋に入れた、半銀貨一枚以内のセットがあれば買いやすいし。この箱入りクッキーは、銀貨二枚か三枚くらいなら、得意先や取引先の手土産に買う商人や、恋人へのプレゼントに買う男性がいるんじゃないかしら？　ビスケットみたいに日持ちするなら、それなりに稼いでいる冒険者パーティーも、森へ行くときのおやつにまとめ買いすると思うわ。『森の奥やダンジョンへ行くときは、堅く焼きしめたパンと干し肉と、ナッツとドライフルーツしか食べられなくて味気ない』って、昔冒険者だった旦那がこぼしてたもの」

なるほど。クッキーは常温で保存しても傷みにくいし。湿気を吸収しないよう、乾燥材とともに密閉容器に入れて売れば、保存料なしでも三日から一週間は美味しく食べられる。

本当に需要があるか判らないから、売れそうな匂いのする料理の屋台を出して、サイドメニューとして置くのも手だ。

「相談に乗ってくれて、ありがとうございました。参考にさせてもらいます」

そろそろ人通りが増えてきたので、私語をやめて仕事に集中する。

昼の顧客《こきやく》はこの近くで働いてるっぽい男性が多いけど、子供がいる年齢の人は、子供たちの呼び込みを見て微笑ましげに寄ってきて、三本まとめ買いしてくれるんだ。

お陰で今日も正午過ぎには完売し、商業ギルドに屋台を返して、依頼達成報告書類にサインをもらった。

別れ際に、俺はバッグから出したと見せかけて、アイテムボックスからガラス製の五百ミリリットル密閉ボトルを取り出し、ルイーズさんに言う。

「二日間、お世話になりました。これ、旦那さんへのお見舞い。治癒回復効果のある湧き水を使って作った水出し緑茶です。元気な人が飲んでも問題ないので、必ず一日で飲み切ってください」

「治癒回復効果のある湧き水⁉　そんな貴重なもの、もらえないわよ」

「俺にとっては、簡単に手に入る水で作ったお茶なんです。瓶もたくさんあるから、返さなくていいですよ。旦那さん、早く良くなるといいですね」

「……ありがとう。すごく助かるわ。旦那が働けないと、仕事も家事も旦那の世話も、全部一人でやらなきゃいけないから困ってたの。手伝いに来てくれた人がニーノさんで、本当によかった。いつかニーノさんが屋台を出したら、あたし絶対買いに行くし、知り合いにも宣伝するわ」

「そのときは、よろしくお願いしますね」

こうして、二日間だけの『屋台のお手伝い』は終わった。

6．おうちを探そう

冒険者ギルドで依頼達成報告と午後のアポ取りをして宿へ帰り、すぐに亜空間厨房へ移動する。

今日の昼食は海鮮丼。これなら、あり合わせの具材を載せてたれをかけるだけ。

あとは昨夜作った具だくさん味噌汁をよそって、刻み葱を散らせば出来上がり。

「ご飯だよ！」

声をかけると、「「「わあっ！」」」と歓声が上がる。

「これは『海鮮丼』。色の濃い切り身のお魚がマグロ。オレンジ色がサーモン。白っぽいのが鯛。甘エビ、ホタテ、イカ、茹でたタコ。オレンジの粒がイクラだよ」

刻み葱と刻み海苔も載せているから、十種類の縁起物と合わせ出汁のたれを使った、運爆上げのご飯料理だ。

これにはキャティが大興奮。

「にゃーん！　おしゃかにゃ、いっぱいにゃーん！」

「みそしる、とりのおにくの、おだんごがはいってる！」

「おとうふもはいってるよ♪」

「これは『鶏つみれの味噌汁』。メインが海鮮丼だから、味噌汁にはシヴァが好きなお肉で作った『鶏つみれ』っていうお団子と、ラビが好きな豆腐と、ニンジン・レンコン・マイタケ・ワカメを入れたんだ。さあ、召し上がれ」

子供たちは「いただきます」と手を合わせ、早速スプーンで食べ始めた。

「うわんっ！　とりつみれ、おいしー！」

「おしゃかにゃ、しゅごーく、おいしーにゃん！」

「イクラ、プチプチ♪」

どうやらラビは、イクラの食感も好きみたい。

一斉に咲き綻んだ笑みが満開になり、耳や尻尾も大はしゃぎだね。

「デザートは、金魚の錦玉羹《きんぎょくかん》だよ」

これは夏限定で出回る和菓子で、練り切りで作った金魚や海藻などを、煮溶かした寒天とともに型に入れて固めたものだ。

「おしゃかにゃ！」

「練り切りっていうお菓子のお魚だよ」

「まえにたべた、おはなやはっぱのおかし？」

「よく覚えてたね、ラビ」

「わんっ！　みずのなかで、およいでるみたい！」

「そうだね、シヴァ。こういうのを、『風情《ふぜい》がある』って言うんだよ」

しばらく眺めて楽しんで、みんな端のほうから少しずつ食べていった。

昼寝を終え、俺たちは再び、昨日と同じ時間に冒険者ギルドへ向かう。

やる気に満ちあふれたシヴァの顔を見ていると、勘違いしているようで不安になる。

「今日は護身格闘術のレッスンじゃなくて、お家を借りる相談をしに行くんだよ」

「「「おうち？」」」

「うん。しばらくこの村にいる予定だから、寝に帰るだけの宿に泊まるより、手頃な大きさのお家を借りるほうが、みんなでゆったり暮らせるかと思って」

どうやら『おうち』という単語が子供たちの琴線に触れたらしく、見るからに浮かれてはしゃぎだす。

「うわんっ！　みんなのおうちだーっ！」

叫びながら走り出すシヴァ。

「おうち♪　おうち♪」

嬉しそうに飛び跳ねるラビ。

「にゃんにゃんにゃーん！　にゃんにゃにゃにゃーん！」

鼻歌を歌いながらスキップするキャティ。

子供たちがこんなに喜ぶとは思わなかったよ。

「浮かれるのはいいけど、冒険者ギルドに着いたら、お話の邪魔をしないよう、静かに、大人しくしててね」

「「うんっ！」」

（お返事はいいけど、シヴァとキャティは大丈夫かなぁ……）


冒険者ギルドの相談窓口へ行くと、すぐに個室へ案内された。

室内にいた、四十歳前後に見える厳つい男性と、三十代半ばくらいの細身の男性が、椅子から立ち上がって挨拶する。

「初めまして。冒険者ギルドの不動産部門担当、オーバンです」

「初めまして。商人ギルドから参りました。宅地建物取引業務担当、マルセルです」

厳《いか》つい男性が冒険者ギルドのオーバンさんで、細身の男性が商人ギルドのマルセルさんだ。

「初めまして。Ｅランク冒険者のニーノです」

「シヴァです！」

「ラビです」

「キャティにゃん」

「ははは、元気なお子さんたちですねぇ。ドミニク先生から『借家を探している』と伺いましたが、どういった物件がご希望でしょうか？」

オーバンさんは子供好きらしく、子供たちを見て厳つい顔を綻ばせた。

「場所はこの村で、近くに酒場や賭場・娼館など、治安の悪い場所がなく、子供たちが気軽に出歩けるところ。家の間取りは、宿の四人部屋みたいな、ベッドを四台置ける広い寝室と、ソファセットが置けるリビングが欲しいです」

オーバンさんは、ちょっと困った顔で言う。

「冒険者ギルドが所有する物件は、立地的に条件を満たすものがありません」

あー……冒険者は、『飲む打つ買う』の三拍子揃ってる人が結構いそうだよねぇ。俺たちが猫の尻尾亭に連泊してるのも、冒険者ギルド直営の宿は、一階が食堂兼酒場になっているからだし。

「商人ギルドでは、該当する物件が三軒あります。今から内見されますか？」

「ぜひお願いします！」

俺と子供たちはマルセルさんの案内で、早速候補物件を見に行くことになった。

最初に案内されたのは、猫の尻尾亭から程近い、小さな商店が立ち並ぶ通りにある、間口の狭い二階建て。

「こちらは月額金貨一枚の賃貸物件です」

猫の尻尾亭ほどじゃないけど、冒険者ギルド・屋台広場・市場通りに近い好立地で、二階があるから部屋数は宿より多いのに、一か月で比較すると、金貨一枚以上安くつく。

問題は、門も前庭もなく、商店街から直接玄関に入る構造で、隣家とも隙間なく接していること。

（……一軒家というより、メゾネットみたいな店舗物件だよ）

玄関のドアを開けると、そこには間口と同じ幅の広い部屋があった。

部屋の左右は壁。片側に階段があり、奥には曇りガラスの大窓とドアがある。

「こちらの大部屋にソファを置いてリビングにできますし、二階にも同じ広さの部屋があって、シングルベッド四台を並べて置けますよ」

（いやいや、確かに条件は満たしているけど、玄関入ってすぐリビングで、主寝室の窓の真下が商店街って、落ち着かないよ）

一階に戻って、奥の大窓の脇のドアを開けると、中庭に面した廊下が続いている。

「この辺りは、外食を前提に建てられた物件が多いので、厨房はありませんが、廊下の突き当りに、飲食に使える小部屋と、トイレと、水の魔石を利用した水場があります。こちらの階段から行ける二階の部屋もありますよ」

(これってどう見ても、離れの一階にある部屋が従業員の休憩室兼ダイニングルームで、二階が店主の自宅だよね!?)

さすがにこれはない。


次に案内されたのは、屋台広場の東にある村外れの、職人工房が集まっている地域。

「こちらは月額小金貨五枚の物件です」

一か月の賃料が、最初の物件の半額なのに、ちゃんと門があって、家の周囲に庭もある二階建ての家だ。

玄関を入ると、待合室のような小部屋があり、その奥に、作業場にできそうな広い部屋がある。

「二階には、確実にベッドを四台置ける広い部屋と、小さい部屋が二つあります。一階の奥は薪コンロがある厨房と食堂、食品庫、倉庫、トイレなどがあり、裏庭の井戸が水場になっています」

　水場が井戸でも、亜空間厨房があるから大した問題じゃない。

　残念なのは隣が鍛冶屋《かじや》だったこと。

「うわんっ！　おにーちゃん。ここ、うるさい！」

「トンテンカンテン、イヤなおとにゃんよ！」

「……ぼくも、ここイヤ……」

　隣家との距離は離れていて、そんなに大きな音じゃないけど、五感が鋭い獣人族の子供たちはつらそうだ。

　いくら賃料が安くても、ここに住んだら、子供たちがストレスで病気になっちゃうよ。


　最後に案内されたのは、関所《せきしょ》の外。

　ルジェールの森の馬車道から脇道へ入り、木々の間を縫うように、緩やかにカーブした道を北へと歩いていく。

　大木の陰にあった入口付近は、冒険者の荷馬車が一台通れる程度の道幅だったが、そこを過ぎれば、対向馬車と余裕ですれ違える広さだ。

　しばらくしてT字路に差し掛かり、右手に広い敷地を囲むレンガ塀が見えた。

「村外れに、これほど大きなお屋敷があるなんて……」

俺の呟きを、マルセルさんが訂正する。

「ここは村ではありません。先程通ってきた脇道も含めて、かつてAランク冒険者だった方が、ランジェル辺境伯から褒美代わりに開拓許可を得て、魔法で森を切り開いてできた、大森林の中の私有地です」

「かつてAランク冒険者だった、ってことは……引退されたんですか？」

「はい。その方は高位貴族のご令息で、ご実家の領地で魔物のスタンピードが起こり、ご当主もご嫡男もお亡くなりになったため、領地へ帰ってご実家を継がれました」

マルセルさんは過ぎ去った日を思い返すように、遠い目をしてしみじみと呟く。

「当時は大変な騒ぎでした。稼ぎ頭だったAランクパーティーが突然引退して、ルジェール冒険者ギルドは大打撃を受けましたし。その方はこのお屋敷で、貴族や大商人、高ランク冒険者を相手に、一日一組限定の宿を兼ねた、完全予約制の高級レストランを営《いとな》んでいたのです。『美食のダンジョン産の肉と比べて、大森林産の肉は不味《まず》い』と言われていますが、そのパーティーが狩った肉は、文句のつけようがないくらい美味しかったんです。彼らが大森林産の肉のイメージアップに貢献してくれたお陰で、商人ギルドも潤いましたが、今では大森林産の高級肉は滅多に出回らなくなりました。最近『銀狼の牙』というBランクパーティーが、最高級のオーク肉とハイオーク肉を狩ってきたくらいで……」

「ぅわん！　ぎんろーのキバだって！」

「ぎんりょーの、おにーしゃんたちの、おはなしにゃん？」

「みんな、どうしてるかなぁ？」

「おや。お知り合いで？」

「以前、護衛依頼を出して、お世話になりました」

ちなみにそのオーク肉とハイオーク肉をスキルで解体して、アイテムボックスで運んだのは俺だけど——ヘルディア王国から逃げてきたことは知られたくないので、さりげなく話題を変える。

「ところで、外壁の長さからして、このお屋敷、ものすごく広そうなんですけど……」

「はい。敷地面積は、だいたい二万坪くらいです」

「広っっ！」

おそらく俺が理解しやすい単位に翻訳されてるんだろうけど、二万坪って、どのくらいの広さか解る？　畳四万枚——東京ドームより広いんだよ！

ここを借りるのはさすがに無理だと思うけど、貴族のお屋敷を見学する機会なんて滅多にないから、見るだけ見せてもらおう。あくまでも見るだけね！

T字路を右折して百七十メートルほど東へ進むと、美しい造形を描くロートアイアン製の門扉があった。

「ここは歩行者専用の南門です。馬車で乗り入れ可能な正門は、百五十メートルくらい先の東南角地に。使用人や御用達《ごようたし》商人が利用する裏門は北西にあります」

つまり、T字路をまっすぐ進むと裏門があるんだね。

門のすぐ横には、小さな建物が門を見張るように建っている。

「門の脇に建っているのは門番小屋です。正門には、門番小屋だけでなく、警備員の寮や休憩所、広い駐車場と馬車庫、来客の御者たちの宿泊施設などがあって、北側に厩舎のある放牧場が併設されています」

自宅に放牧場があるなんて凄いね！

「正門の駐車場から玄関へ向かう馬車道は、ライラック並木になっていて、花の季節は素晴らしいですよ」

両開きの門扉を潜ると、ベージュ系のきれいな敷石が埋め込まれたアプローチが行く手を示してくれる。

十五メートルくらい先は噴水広場になっていて、思わず足を止めてしまった。

水が出てない噴水を囲む花壇に、たくさんのユリが華やかに咲き誇っていたんだ。

「きれいにゃおはにゃが、いっぱいしゃいてるにゃん！」

「うわん！　このおはな、あまいにおいがするよ！」

「ほんとだ、いいにおい～♪」

「黄色の筋と斑点が入った白いのがヤマユリ。斑点が入ったオレンジ色がオニユリ。この二種類と、コオニユリとカノコユリは、土の中の球根が食べられるんだ。ユリ根は茶わん蒸しに入れたり、バター炒めや天ぷらにすると美味しいんだよねー」

「「「えっ!?」」」

俺のセリフに、マルセルさんまでギョッとしてるよ。この世界ではユリ根、食べないのかな？　食材鑑定では食べられるんだけど。

ライラック並木をバックに、噴水広場北側の開けた場所には大きな桜の木が、東側には花海棠《はなかいどう》や藤《ふじ》、桑《くわ》の木などが植えられている。

「うわんっ！　おにーちゃん！　あれ、なーに？」

シヴァが指差したのは、東へ向かうアプローチの行き止まりにある大きな藤棚だ。

「あれは藤棚――っていうか、藤のパーゴラと言うべきかな。蔓《つる》植物を絡ませて、お日様の光をやわらかくしてるんだ。今は長い豆の莢《さや》がぶら下がってる状態だけど、薄紫色のきれいな花が咲くんだよ」

「きれいにゃおはにゃ？」

「マメッ!?」

シヴァは花より豆が気になるみたいだけど。

「藤は生の豆と莢と花――特に豆と莢には毒があるから、勝手に取って食べちゃダメだよ」

「うわんっ！　おれ、ぜったいたべない！」

「シバは、ちゅういしゃれにゃかったら、ぜったいたべてたにゃん」

うん。俺もそう思って注意したんだ。

ちなみに食材鑑定によると、藤の毒は加熱処理すれば弱まるから、昔の人は下剤として煎《せん》じて飲んでいたんだって。豆を炒ったり、花を天ぷらやジャムにして食べる人もいるらしいけど、俺は食べたことがない。

藤の生蜂蜜は、癖がなくて、上品な甘い香りで美味しかったけどね。

噴水広場からのアプローチは、藤のパーゴラへ向かうもの、駐車場へ向かうもの、円形花壇を囲む環状馬車道へ向かうものと、西へ向かうものがある。

環状馬車道の奥に建っているのは、列柱廊《コロネード》のテラスと車寄せがある、洋館風マンションみたいな大邸宅だ。

「大きなお屋敷ですね」

「ほんとにゃ！」

「「おっきい！」」

圧倒されている俺たちを、マルセルさんが微笑ましげに見ている。

「本館は地上三階、地下一階建てで、屋根裏部屋もありますよ。馬車道を通るほうが近いのですが、今は西の小道が花盛りなので、こちらを通っていきましょう」

西へ向かうアプローチは、道の両脇にたくさんの紫陽花《あじさい》が植えられていて圧巻だ。紫陽花は梅雨時に咲くイメージだけど、ここは気温が低い地域だから、花の季節が遅いんだろうね。

「きれいなおはにゃがいっぱいにゃん！」

花が好きなキャティは大興奮だよ。

「これは紫陽花。土の違いで花が青くなったり、ピンクになったり、紫になったりするんだけど、ここの紫陽花は、一塊の花が三色混ざり合ってて綺麗だね」

「「「うんっ！」」」

「お屋敷側の紫陽花の後ろに植えてあるのは、木槿《むくげ》。新芽と花びらが食べられるんだ。樹の皮も、花も実も、根っこや葉っぱも、全部お薬になる樹だよ」

「「「へぇー」」」

四人分の相槌が聞こえたけど、この世界では漢方薬として使わないのかな？

「反対側は塀に沿って、果物の生る樹が植えてあるね」

「はい。南門の西側から、裏門の門番小屋の裏手まで、塀に沿って果樹が植えられていて、小道の曲がり角の西側にある生垣の向こうに畑があります。畑の北側に見える建物はオランジェリーです」

「「「おらんじぇりー？」」」

「寒い地方で、オレンジやレモンなど、暖かい地方の樹を育てるための温室です。大森林の浅部に位置するお屋敷なので、ここで採れる野菜や果物は美味しいですよ」

「うわん！　おいしいくだものだって！」

「キャティ、くだものだいしゅきにゃん！」

「ぼくも♪」

はしゃぐ子供たちを見守りながら歩いていくと、アプローチの曲がり角で紫陽花の小道が終わり、右折して北へ向かう小道の両脇には、牡丹《ぼたん》や芍薬《しゃくやく》といった、美しい花を咲かせる薬木や薬草が植えられている。花の季節は綺麗だろうな。

オランジェリーへ向かう分岐を通り過ぎると、夏咲きのバラとラベンダーの生垣があり、そこでもアプローチが分岐していた。

「うわーんっ！　こっちに、はなのいりぐちがあるぅー！」

「あっ、シヴァ！　勝手にウロチョロしちゃダメだよ！」

バラのアーチに興味を引かれて駆け出したシヴァを、俺が慌てて追いかけ、捕まえた。

それを見て、マルセルさんが苦笑しながら言う。

「バラのアーチは、ローズガーデンの入口です。バラの盛りは過ぎていますが、夏も咲くバラや四季を彩る花々も植えられているので、お屋敷をご案内したあと、お時間があれば、ゆっくりご覧になってください」

庭を散歩しながら辿り着いた玄関は、テラスより高い位置にある。地下一階は半地下室なのかもしれない。

玄関ドアの上と左右は門と同じ植物モチーフのアイアンワークが施され、ステンドグラスが嵌《は》まっていた。すっごくお洒落《しゃれ》だ。

マルセルさんが石段を登ってお屋敷の鍵を開け、中へ入るよう促す。

玄関ホールは実家の俺の部屋より広いよ。家具やインテリアがないから、余計にガランとして見える。

「うわん！　うえに、すごいのついてるよ！」

「きれーにゃーん！」

「こんなの、はじめてみた……」

子供たちが見ているのは、優美なシャンデリア。天井に直接取り付けるシーリングライトだから、装飾が華やかだけど圧迫感はない。

「今は魔石を外しているので使えませんが、あれはシャンデリア型の照明魔道具です。玄関ホールの左手には、取次ぎをする使用人の控えの間。右手には応接間があります」

控えの間は普通のドアだけど、応接間は、絵画のような大きなステンドグラス窓が嵌まったスライドドアだ。

「正面は待合室を兼ねたロビーです」

玄関ホールは風除室《ふうじょしつ》みたいに、ガラスのスライドドアでロビーと仕切られている。

L字型の広いロビーは、優に玄関ホールの三倍はあるだろう。

ホールに面した部屋の壁やドア、室内窓にも絵画のようなステンドグラスが嵌まっていて、家具はなくても、ゴージャス感が半端ない。

「辺境伯領は気温が低い地域ですが、このお屋敷は魔石を利用した空調設備があるので、必要な属性魔石を取り付ければ、夏は涼しく、冬は暖かく過ごせますよ」

「それは凄いですね」

俺はエアコン魔法が使えるからなくても困らないけど、魔法が使えない人にとっては嬉しい設備だ。

「ロビーの東側奥に廊下があって、その先に使用人の勝手口と階段室、レストラン支配人を務めていた執事の執務室、客用トイレがあります。こちらのお屋敷のトイレやシャワールームは、冒険者ギルドと同じ様式になっていますよ」

「それは凄いですね‼」

さっきと同じセリフなのに、熱量が違うよ。

現代日本的なサニタリーがあるなんて、さすが元Aランク冒険者貴族のお屋敷だ。

「勝手口を出ると、北東東に地上二階、地下一階建ての別館があり、別館の地下一階にある三層吹き抜けの鍛錬場は、地下道で本館とつながっていて、地上一階は観覧席です。こちらで音楽会やダンスパーティーなどのイベントも催《もよお》されていました」

自宅に体育館みたいな別館まであるなんて、凄すぎるよ！

「ロビーの北側は、フォーマルダイニングルーム。正式なディナーに使われていたお部屋で、南側は談話室を兼ねた客用階段ホール。西側は、オープンキッチン、リビング、ダイニングが一続きになったグレートルームです」

左手のお洒落なフレンチドアを開けると、そこは八十帖はありそうな大広間だった。

中へ入った途端、シヴァが興奮した様子で叫ぶ。

「うわーんっ！　ひろーい！」

「ギルドのくんれんじょうより、せまいにゃんよ」

「いやいや、キャティちゃん。ギルドの訓練場と比べちゃダメでしょ。それに、訓練場みたいなところが別館にあるんだよ」

俺たちのやり取りを聞いて、マルセルさんが笑いをこらえながら言う。

「フォーマルダイニングルームと、ローズガーデンに出られる西側のティールームのスライドドアを開いて、三部屋続き間としても使えるんですよ。かつては、裕福な商人や職人、高ランク冒険者の結婚披露宴や、祝賀会・祝勝会などに利用されていました」

フォーマルダイニングルームが四十帖くらい。ティールームも三十帖はありそうだから、立食パーティーなら二百人超えでも対応できそうだ。

「ニーノさんは料理人が本職だと、ドミニク先生から伺っています。こちらのキッチンは、貴族や大商人の館で使われている、高価な調理魔道具が揃っているんです。魔道具は年式や耐用年数、メンテナンスの関係で売りにくいので、領地に持ち帰れないものは置いていかれたのですが、どれも魔石を取り付ければすぐに使えます。滅多にお目にかかれない掘り出し物ですよ。どうぞこちらへいらして、よくご覧になってください」

マルセルさんは俺をキッチンへ案内し、いろいろ説明してくれる。

「オープンキッチンの主役は、客の目の前で調理する鉄板焼きカウンターです」

鉄板焼きカウンターは、亜空間厨房にはない設備だな。

「バックヤードにもキッチンがあって、下拵えや汁物などはそちらで調理できますよ」

亜空間厨房の魔道具みたいなとんでも性能はついていなくても、薪コンロの屋台より、このお屋敷のキッチンのほうが料理の幅が広がるだろう。

「フォーマルダイニングルームやティールームへも、バックヤードから直接料理を運べる間取りになっています。バックヤードの西側はウォークスルーパントリーで、ここから勝手口に出られます」

パントリーの北側にあるスライドドアを開けると、北西張りの構造になっていて、東側に階段と、使用人のトイレやシャワールーム。勝手口のホールを挟んだ西側に、料理長や料理人たちの部屋があった。

「勝手口の外は石段ではなく、緩いスロープになっているので、台車で荷物を運び込めます。地下には食品貯蔵庫やワインセラー、備品や消耗品の保管庫、洗濯室や乾燥室、自家製ワインの醸造室・蒸留室と倉庫、使用人の厨房と食堂、大部屋などがあります」

ゆっくりしすぎるとローズガーデンを楽しむ時間がなくなるので、地下へは下りず、グレートルームへ引き返す。

「ティールームの南にある廊下の西側は、男性用休憩室《レストルーム》と女性用化粧室《パウダールーム》があり、こちらでトイレやシャワーを利用できます。東側は、回復魔法師が常駐していた医務室です」

俺たちは一階の見学を終え、二階を見学することになった。

「端から見て回れるので、応接間から二階へ上がりましょう」

応接間は玄関側とロビー側にスライドドアがあり、ロビー側から中へ入った。

室内は大きな吹き抜けになっていて、照明器具はペンダント型のシャンデリアだ。

「うわんっ！　てんじょうたかぁ～い！　ぶらさがってるシャンデリアもおっきい！」

「……このおへやのかいだん、すごいね……」

「おひめしゃまが、おりてきしょうにゃん！」

「あれは『サーキュラー階段』っていうんだよ」

映画やドラマによく出てくる、美しい曲線を描いた階段だ。俺はフランス留学したときにも、実物を見たことがある。

「階段脇の両開きドアから、ロビーを通らず、トイレや使用人区画に出入りできますよ」

　サーキュラー階段を上ると、二階のホールに出た。

　ここも採光のためのステンドグラス窓がたくさんあるよ。

「東側奥の廊下の先は、一階と似たような間取りで、屋敷を管理していた家令の執務室と、家令夫妻の私室があります。ホール南側のドアからは、コンサバトリー《サンルーム》に出られます」

　枠だけ木製って感じの、大きなエッチングガラスが嵌まったフレンチドアを開けると、車寄せのルーフバルコニーに、二十帖ほどのサンルームがあった。

「すごいなぁ。風が冷たい季節には、ここで日向ぼっこしたら気持ちよさそうだ」

「キャティ、ひなたぼっこしながらおひるねしゅるの、だいしゅきにゃんよ！」

「ぼくも♪」

　同意しなかったシヴァは、眠いから昼寝するだけで、その辺を走り回ってるほうが好きなんだろうな。

「ホールの北西にある大部屋は遊戯室で、往時はビリヤード台が置かれていました。奥にはバックヤードキッチンとつながっているバーカウンターもありますよ」

　フォーマルダイニンググルームの真上にある遊戯室は、一階のL字ロビーの変形分を足した形で、さらに広い間取りになっている。

　ちなみにビリヤードは、かつての召喚大賢者アリスガーさんが広めたらしいよ。

「談話室を兼ねた二階の客用階段ホールまでは社交に使われていましたが、二階の西側はプライベート区画です」

マルセルさんは、談話室の北西にあるドアを開けて言う。

「ここはパーティーメンバーが使っていた、リビング・ダイニングキッチンです」

二階は普通のオープンキッチンで、バックヤードはウォークスルーパントリーが削られ、その分グレートルームも一階より東西の幅が狭い。

「こちらのドアから、居室が連なる区画へ行けます。廊下の南側は、東に使用人部屋。西に、採光窓付きのスライドドアで仕切られた二室一室《にしついっしつ》の居室が三部屋並んでいます。使用人部屋はクローゼットしかありませんが、二室一室の居室はウォークインクローゼットと、トイレと洗面台・シャワーブース付きです」

廊下の北側は、手前にパントリー、奥に使用人のトイレがある階段ホールで、ホールの東側がキッチン。西側が館の主人の部屋だった。

「仕事で汚れて帰ったときは、北西階段から上がってきて、前室を通ってバスルームへ向かい、居室へ入る前にシャワーを浴びて、更衣室で着替えられますよ」

前室っていうのは、部屋の前にある廊下みたいなスペースだ。

ウォークインクローゼット付きの更衣室に併設されたバスルームのドアを開けると。

「バスタブがある！」

部屋の角地に大きな窓が二面あり、大人が二人でゆったり浸かれそうな、扇型の大型バスタブが設置されていた。

「冒険者はシャワーで済ませるのが一般的ですが、このお屋敷は、二階と三階のこの場所だけ、バスタブがあるんです。更衣室の西側は書斎で、前室の西側が寝室ですよ」

書斎は十帖くらい。寝室は二十帖くらいありそうだ。

「うわーん！　こっちにもドアがあるぅー！」

さっき庭で注意したばかりなのに、シヴァが寝室の奥にあるドアに突撃していく。

「シヴァ。勝手にウロチョロしちゃダメって言ったでしょ」

追いかけて中へ入ると、北側にある二室一室の居室に出た。

シヴァはいろんなドアを開けっ放しで、ウォークインクローゼットの中で、悪戯《いたずら》っ子の笑みを浮かべている。絶対反省してないな。

キャティは呆れた眼差しで、優しいラビは心配そうにシヴァを見てる。

叱るのは程々にして、気になったことを聞くことにした。

「廊下を通らずに行き来できるってことは、ここは女主人の部屋ですか？」

「ええ。Aランクパーティーの紅一点。回復魔法師の奥方様の部屋でした。どちら側からも施錠できるので、独立した部屋としても使えますよ」

そこでマルセルさんが、期待のこもった眼差しで俺に問う。

「いかがです？　ご要望通り、ベッド四台並べて置ける寝室があって、将来的には、子供たちに自分の部屋を与えることも可能です。広くて素敵なお部屋でしょう？　ここに住んでみたいと思いませんか？」

確かに『素敵だなぁ』って憧れはするけど――。

答えに詰まった俺の周りで、子供たちが嬉しそうにはしゃぐ。

「キャティ、ここ、きにいったにゃん！」

「おれもおれも！　ぜったいここがいい！」

「ぼくも♪」

「いや君たち、こんな広いおうちに住んでどうするの？　賃貸料、めちゃくちゃ高いに決まってるよ。月額いくらなのか、想像しただけで眩暈《めまい》がしそうだよ！」

うっかり本音が駄々《だだ》洩れた俺に、マルセルさんが苦笑しながら告げる。

「使いたい魔道具の数だけ、別途魔石が必要ですが、こちらの物件の賃貸料は、条件付きで、月額小金貨五枚です」

「えっ⁉　このお屋敷、二番目の物件と同じ金額なんですか⁉　旨《うま》い話には裏があるって言うけど、まさかここ、事故物件じゃないですよね⁉」

思わず叫んだら、マルセルさんが慌てて否定する。

「違います、違います。最初にお話ししましたが、この物件は、どこの国にも属さない大森林の開拓地にあります。購入して所有者になっても、固定資産税や相続税などはかかりませんが、何があっても自己責任。領主の庇護《ひご》を受けられないので、富裕層のニーズに合わないのです」

場所的には、俺は全く問題ない。いざとなったら結界を張れるし。関所の外の脇道すら私道なら、万が一ヘルディア王国からの追手が来ても、認識阻害魔法や方向感覚を狂わせる魔法で、ここへ辿り着けないようにして隠棲《いんせい》できる。

マルセルさんは少し困った顔で続けた。

「ここが森の中でなければ、南部貴族の別荘にちょうどいい物件ですし。高級レストランを開きたい商人にも需要があるでしょう。しかし、ここでレストランを営業できたのは、前の持ち主がAランク冒険者で、パーティーメンバーも同居していて、引退したCランク以上の冒険者が大勢雇われていたからです。大森林で活動する冒険者が住むにはいい場所かもしれませんが、二人から六人程度のパーティーで屋敷を維持管理するのは大変です」

「敷地が広くて、お屋敷が大きいですもんね」

「ええ。掃除をするのも一苦労ですし。照明も竈《かまど》も水回りもすべて魔道具。手持ちの大型魔石と交換、もしくは魔力を補充できなければ、魔石代も結構かかります。運び出せる家具は、前の持ち主が売るなり領地に持ち帰るなりしているので、住むとなったら家具も必要です。依頼次第で長期間家を空ける冒険者にとっては、冒険者ギルド直営の安宿のほうがはるかに快適でしょう」

そういえば、冒険者ギルド直営の宿は、宿泊費がめちゃめちゃ安い上に、有料シャワー室もあるらしいね。

「この物件は、現在商人ギルドが管理を委託されています。定期的に人を雇って清掃・点検し、異常がないか見回っていますが、ずっと買い手も借り手も見つからなければ維持費がかかるだけなので、条件付きで賃料を値下げすることになりました」

「その、条件とは？」

「第一に、母屋の清掃と、屋敷全体の点検です。定期的に見回って、設備に不具合があれば報告してください。剪定《せんてい》が必要な庭木や果樹があるので、庭師はこちらで派遣しますが、日常的な落葉拾いや雑草取りなども、できる限り行ってください」

清掃に関しては、魔法でやればあっという間だから問題ない。

「菜園で野菜やハーブを育てて収穫したり、果樹園の果物を収穫して、自家消費したり、売り物のお菓子に使ったりしてもいいですか？」

「そのままにしておくと、草食系魔獣が入り込むかもしれませんので、ぜひ収穫して使ってください。売っていただいても構いません」

自宅で食材が採れるなら、外であまり買い物しなくても、不自然じゃなくなるね。

「第二に邸内に入り込んできた不審者や、魔物や魔獣の撃退です。『ニーノは九日前に冒険者になったばかりで、Gランクの子供たちとパーティーを組んでいるため、まだEランクだが、大森林の浅部に出没する魔物や魔獣なら一人でも対応できる魔法使いだ。不埒《ふらち》な輩を制圧できる実力があり、温厚で争いを好まず、きれい好きで真面目で几帳面《きちょうめん》だから、住み込みの管理人に最適だろう』と、ドミニク先生がおっしゃっていました。先生が推薦された方なら、商人ギルドとしても安心してお任せできます」

それでここを紹介されたわけか。

「第三に、もしこの邸宅の購入希望者が現れた場合は内見に応じ、売買契約が成立したら速やかに退去すること。以上が賃貸料の割引条件となっています」

ここに住むと仮定して、二つ目までは問題ないけど、三つ目は起きてほしくないな。

「参考までに伺いますが、このお屋敷、いくらで売りに出されているんですか？」

「現在、大金貨百枚まで値下がりしています」

大金貨百枚！　日本円に換算すると一億円だよ。さすがに買うのは無理か。

考え込んでいた俺に、子供たちが言う。

「おにーちゃん。おなかすいた」

「おやつ、たべたいにゃん」

「ぼくも……」

そういえば――いつもならとっくに宿へ帰って、ご飯を作っている頃だ。

「……すみません。とりあえず、ここのお庭で、おやつを食べてもいいですか？」

「ええ。どうぞ。三階はスイートルームと普通の部屋があるだけです。あとは夏のローズガーデンを堪能してください」

マルセルさんが快諾してくれたので、俺たちは庭へ移動した。

もう夕方だけど、今は日照時間が長い夏場で、西側の庭だから、結構遅くまで眺めを楽しめるんじゃないかな？

庭の一角に、周囲を花壇に囲まれた六角形のガゼボがある。

ガゼボっていうのは、西洋の四阿《あずまや》だ。

「せっかくだから、こちらのガゼボを使わせてもらいますね。《浄化消毒《クリーン》》」

「ニーノさんは、浄化魔法が使えるんですね」

「ええ。便利ですよ」

アイテムボックスから、屋外用テーブルセットを取り出していると、また驚かれた。

「……これは……マジックバッグではありませんね。アイテムボックスですか？」

「はい。生き物は入りませんが、かなり大きなものでも重いものでも収納できますし、アイテムボックスに入れている間は時間が停止するので、生ものだって新鮮な状態で運べます。うちはGランクの子供たちとのパーティーですが、御用があれば、冒険者ギルドへお申し付けください」

「失礼ながら、時間停止のアイテムボックスを持つ魔法使いなら、辺境伯領南東部でダンジョンを攻略している大手クランからも、引く手数多《あまた》でしょうに……」

マルセルさんが濁《にご》した言葉の続きは、『どうしてGランクの子供たちとパーティーを組んでいるのか』ってことかな？

「俺、新人冒険者なので知らないんですが、『クラン』ってなんですか？」

「ダンジョン攻略を目的とした、パーティより大きな集団です。荷馬車が使える大森林では機動力を重視して、四人から六人のパーティーで挑む冒険者が多いですが、階層ごとに難易度が変わるダンジョンでは、最前線で攻略を進める主力部隊から、物資輸送を目的とした補給部隊まで、幅広い人材を揃えて活動しています」

「そういう団体があるんですね。でも、俺はこの子たちの保護者として認められるには、パーティーを組むのが一番手っ取り早いから、冒険者になったんです。この子たちと出会わなかったら、どこかで屋台か料理店を開いていたと思います」

そこで子供たちが不満げに言う。

「うわんっ！　おにーちゃん。おやつまだぁ？」

「おにゃかしゅいたにゃん」

「ぼくも……」

「あっ、ごめんね。おやつの前に浄化魔法をかけるから、みんな手を出して」

「「「はぁーい！」」」

子供たちは迷いなく掌を上にして手を出す。

「マルセルさんも手を出してください。《浄化消毒《クリーン》》はい。きれいになった」

俺はそう言ってテーブルクロスをかけ、おやつの準備をした。

「今日のおやつは『バウムクーヘン』だよ。真ん中に穴が開いていて、切り口に『年輪』っていう、木の切り株みたいな模様があるでしょう？　だから、俺の故郷の言葉で『木のケーキ』っていう意味の名前が付いたんだ」

故郷というのは『地球』って意味で、ドイツ語だけどね。

バウムクーヘンは、年輪から『繁栄』や『長寿』を連想することや、手間暇かけて少しずつ焼き上げていくことから、ドイツではクリスマスや結婚式のお祝いなどに贈る特別な高級菓子だ。

今回俺が作ったのは、厳格な規定がある本場のずっしりした伝統菓子ではなく、日本人の味覚に合わせてアレンジした、やわらかくてふわっとしたバウムクーヘンだ。

日本では扇形にカットしているのをよく見かけるけど、ドイツでは、薄くそぎ切りにするんだって。そのほうが美味しいらしいよ。

俺はナイフを寝かせた状態で、斜めにすくうようにカットしてケーキ皿に盛り付け、パウダーシュガーを振りかけてから、全員に配った。

「飲み物は、冷たいミルクと温かいお茶、どっちがいい？」

「「つめたいミルク！」」

「マルセルさんは何がいいですか？　今すぐ用意できるのは、冷たい牛乳と、温かい紅茶とコーヒーです」

「で、では紅茶を……」

俺は子供たちに冷たいミルクを配り、自分とマルセルさんにはティーカップと紅茶が入った魔法瓶を取り出し、注ぎ分けていく。

「それは、ポットですか？」

「いえ。長時間温かさを保ってくれる魔法瓶です」

「保温魔道具ですか……」

この世界の人は、『魔法瓶』って言うと『魔道具だ』と思っちゃうんだね。

「はい、どうぞ。召し上がれ。いただきます」

「「いただきます！」」

マルセルさんも見様見真似で手を合わせた。

「い……いただきます？」

早速フォークを取って食べ始めた子供たちが、尻尾を歓喜に震わせながら、可愛い声を張り上げる。

「「「おいしー！」」」

それを見たマルセルさんも、バウムクーヘンを一口食べて目を見開く。

「っ！　美味しいです！　しっとりふわふわした食感も、外側の白くて甘いところも、美味しすぎて一瞬言葉を失いました。こんなの初めて食べましたよ！」

「気に入ってもらえて、よかったです」

「お菓子の外側に掛かっている白いのは、なんなんですか？」

「これは『フォンダン』と言います。細かい粒状に結晶させた『グラニュー糖』っていう砂糖と水飴を水で煮詰めて、再結晶化させたクリーム状の糖液をかけているんです」

「高価な砂糖をたくさん使っているんですね。この『ばうむくうへん』は、都会の菓子店で売っているビスケットとは比較にもならないほど、見るからに高級で、味も絶品です。王侯貴族や富裕層がこぞって欲しがりますよ。これで商売しないんですか？」

「販路《はんろ》がないんです。そのうち、庶民でも買いやすそうな菓子や料理で、屋台でも出してみようかと思っているんですが……」

「勿体《もったい》ない！　実に勿体ないですよ！　菓子は王侯貴族や富裕層に求められている嗜好品《しこうひん》です。大金持ちなら、金貨だって積んでくれます！」

そういえば地球でも、一個ゼロが多い高級スイーツや、高級宝飾店と提携した、目玉が飛び出るほどお高いスイーツがギネス入りしたビックリニュースがあったねぇ。

「確かに金持ち相手の仕事のほうが稼げるでしょうけど、うっかり気に入られたら、囲い込まれて自由がなくなる可能性があるんじゃないですか？　金貨なら採取の仕事で稼げるし。俺はこの子たちと、のんびり暮らしたいんですよねぇ……」

「……そうですか……」

マルセルさんが残念そうに肩を落として、紅茶に口をつけた。

「っ！　なんですか、この紅茶！　美味しすぎます！」

「これは『ムーンライト』っていう、月明かりの下で摘まれた最高等級のダージリン・セカンドフラッシュです。普通のセカンドフラッシュより薄めの、甘みのあるすっきりした優しい味で、薫り高くて美味しいですよねぇ」

「ニーノさんが何を言ってるかさっぱり解りませんが、そんな高価なお茶を頂いてしまっていいんでしょうか？」

「こうしてご縁があったんだから、いいんじゃないですか？」

きれいな庭を眺めながら、美味しいお茶とお菓子でまったり過ごすなんて、最高だね。

このお屋敷、立地が悪いという一番のデメリットは、俺にとってメリットになるし。こんな好物件、なかなか見つからないだろう。

四人で住むには広すぎるけど、大抵のことは魔法でなんとかなるし。ここに決めてもいいんじゃないかな？

「子供たちもここが気に入ったみたいだし。ここを借りることにします」

今日はもう遅いので、賃貸契約は明日の午後、商人ギルドで交わすことになった。


お屋敷をあとにして、五人で大通りを歩いていると、宿の前まで来たところで、突然広場から走り出てきた女性が叫んだ。

「ドロボーッ！　そいつッ、アタシの鞄ッ、取ったのッ！　誰かッ、捕まえてぇーッ！」

女性に指を差された若い男は、人ごみを掻き分けながらこっちへ逃げてくる。

「うわんっ！　ひとのもの、とっちゃダメーッ！」

叫びながら、シヴァが勢いよくダッシュして、ひったくり犯にタークル！

「ドロボーは、わるいひとー！」

ラビも同時にジャンプキーック！

二人がかりとはいえ、大人が五歳児に吹っ飛ばされるとはビックリだよ。おそらく身体強化魔法を使って攻撃したんだろう。

キャティが吹っ飛ばされた男を追いかけ、トドメのにゃんこパンチをお見舞いする。

「わるいやつには、おしおきにゃん！」

被害者女性はその場で立ち止まり、疲れた様子でへなへなと座り込む。

「あ……ありがとう、ございました……」

幼児トリオにぶちのめされたひったくり犯は、衝撃でダウンしてるっぽいけど、起き上がって反撃されたら怖いから、動きを封じておかなきゃね。

いろんな意味でイタイと思ってたけど、習ってよかった捕縛術。

練習用のロープも買っててよかったよ。

俺は男から被害者の鞄を取り上げ、手際よく早縄で縛り上げていく。

その横で、マルセルさんは予想外の展開に戸惑っているようだ。

「ドミニク先生から話は聞いていましたが……お子様たちも凄いですね。とてもGランクとは思えません」

（そりゃうちの子、異世界料理でめちゃくちゃドーピングしてますから……）

犯人をお縄にした俺も、困惑頻りでマルセルさんに問いかける。

「ひったくり犯は捕まえましたが、このあと、どうしたらいいですかね？」

「商人ギルドの向かいに領兵隊の詰め所があるので、連れて行きましょう。そこのあなたも同行して、被害届を出してください」

「解りました」

被害者女性が同意したので、俺は犯人を叩き起こして引っ立て、マルセルさんの案内で、子供たちと被害者を連れて領兵隊の詰め所へ向かった。

この一件は領兵隊から冒険者ギルドに報告され、緊急依頼達成扱いで、俺たち四人に冒険者ギルドの貢献ポイントがもらえるんだって。


詰め所でマルセルさんと別れ、俺は子供たちを連れて宿に戻った。

「急なアクシデントで、すっかり遅くなっちゃったな。すぐご飯の支度をするね」

急いで亜空間厨房へ移動し、夕食の準備を始めた。

と言っても、帰りが遅くなってもいいように、昨夜のうちに下拵《したごしら》えしておいたんだ。

「今夜はチーズフォンデュパーティーだよー！」

「「「チーズふぉんでゅ？」」」

「白ワインとかで煮込んだチーズに、いろんな具材をつけて食べるんだ。今日はワインじゃなくて、ミルクで煮込んだチーズだよ」

俺は魔道ホットプレートを取り出して、軽く塩コショウしたエビ・ホタテ・鮭・ウインナー・玉ねぎ・茸などを並べ、蓋して時間を少し進め、裏返して焼き上げた。

蒸し鶏と蒸し野菜は、昨夜のうちに作って、見栄えよく皿に盛り付けてある。

ミニトマトとウズラの茹で玉子を挿したピックも作っておいた。

昨日作ったローストビーフと、バゲットもあるよ。

できたての中身が入ったフォンデュ鍋をテーブルの中央に置けば、準備完了。

みんなで「「「いただきます」」」と手を合わせてから、食べ方を説明する。

「こうやって、自分の好きな具材を串で刺して、チーズをつけて食べるの。食べかけの具材をもう一度鍋に入れたり、具材を鍋に落とすのは、やっちゃいけないことなんだ。落とさないよう、しっかり串に刺してね。チーズは熱いから、お口を火傷しないよう気をつけて食べるんだよ」

「「はーい！」」

笑顔でお返事した子供たちは、嬉しそうに好みの具材を串に刺していく。

「ぅわんっ！　きのうの、おいしいおにくー！」

「ピンクのおしゃかにゃにゃん！」

「あま〜い、おいもがあるぅ〜♪」

男の子たちはちゃんと串に刺してるけど、キャティはちょっと危なっかしいな。

「貸して、キャティ。やってあげる」

「イヤにゃん。これはキャティのエモノにゃん」

キャティのエモノって……銛《もり》で漁《りょう》でもしてる気分なの？

自分でやるのが楽しいみたいだから、怪我を恐れて手を貸すより、もどかしくても見守ってあげるべきかな。

「ぅわんっ！　あっつ！　でもおいしー！」

シヴァはついがっついて、口を火傷したみたいだけど、気にも留めずに食べ続けてる。

「ウインナーも、とりのおにくもおいしい！」

「エビもホタテも、しゃいこーにゃん！」

「カボチャも、ニンジンも、あま～い♪」

「シヴァとキャティは野菜も食べて。ラビは甘い野菜ばかりじゃなくて、お肉やお魚も食べなきゃダメだよ」

好きな具材を選べるスタイルは失敗だったな。次からは一人前ずつ具材を用意しよう。

楽しいチーズフォンデュパーティーの締めは、茹でたショートパスタを鍋に入れて、チーズを絡めて食べた。イケるんだよ、これが。

「デザートは、パイナップルのクラッシュゼリーだよ」

甘酸っぱいパイナップルゼリーは、口の中をさっぱりさせてくれる。

「「「おいしー！」」」

みんな『美味しいものを食べて、お腹が膨れて大満足』って顔だね。

明日は久しぶりに森へ採取に行く予定だから、早めに子供たちをお風呂に入れて寝かしつけなきゃ。

7．俺たちの家

早朝、スマホのバイブで目覚めた俺は、気合を入れて朝食を作った。

準備ができた頃には、子供たちも起きてくるから、手がかからなくて助かるよ。

「今日の朝ご飯は、温玉すき焼き丼だよ」

合わせ出汁を使った割下《わりした》で煮た具材たっぷりのすき焼きと温泉卵を、小ぶりの丼椀によそったご飯の上に載せている。気合の入った運爆上がり料理だ。

「付け合わせは、キャベツとワカメと長葱の味噌汁。小松菜と人参ともやしのゴマ油炒め。茸の出汁びたし。アジの甘酢漬け。キュウリの糠漬けだよ」

運も上げたいけど、いざとなったら魔法もしっかり使えるように、味噌以外の発酵食品も取り入れている。

「「「いただきます」」」

みんなそろって手を合わせてから食べ始めた。

「うわんっ！　おにくー！」

「たまご、とろとろ♪」

シヴァとラビは、真っ先にすき焼き丼に手を延ばしたよ。

「このおしゃかにゃ、しゅっぱくておいしーにゃん！」

刺身用のアジを酢漬けにして、刻んだ大葉や葱を添えているから、さっぱりしていて美味しいんだよね。箸休めにもいいと思う。

「あっ、このキュウリ、おいしい♪」

ラビは糠漬けが好きみたいだね。今度ほかの野菜も漬けてみよう。

ゴマ油炒めも出汁びたしも、みんなきれいに食べてくれた。

「デザートは、和三盆っていうまろやかな風味のお砂糖を使った、梟《ふくろう》の紅白落雁《らくがん》だよ」

梟は、ギリシャ神話では純潔の戦女神アテナの従者で、アテナと同じ力を持つと言われている。

古代エジプトでは知恵の神として崇められ、ヨーロッパでは『森の賢者』と呼ばれ、アイヌでは村を守る神様だ。

不苦労・福朗・福老・福路といった語呂合わせで縁起物になってるし。

後ろまで首が回るから金運に恵まれ、『借金で首が回らない』なんてことにならない。

夜目が利くから『世目が利く』ってことで、情報通で『商売繁盛』のご利益もある。

そんな梟の木型で作った落雁は、めでたい紅白で、運アップ効果のある天の真名井《あめのまない》の御霊水を使って、運アップ効果増し増しの縁起菓子だよ。

「かなり甘いお菓子だから、水出し緑茶と一緒に召し上がれ」

お茶と落雁を配ると、子供たちは早速一つ摘まんだ。

「「「あまーい！」」」

みんな甘いお菓子が好きだから、尻尾まで大はしゃぎしながら食べてたよ。


俺たちは冒険者装備を整えて森へ向かった。

（あのお屋敷に住むなら、ボナール商会で家具をいろいろ揃えたいし。魔石も買わなきゃいけない。手持ちのお金は使いたくないから、ドーンと稼げるお宝を狙うぞ！）

関所を越えたところで、俺は早速、食材探索スキルを発動する。

（高値が付くレアな食材や薬草はどこかな？）

辺りをぐるりと見渡すと、碧く激しく光る矢印が、『こちらへ進め』と行く手を示す。

「みんな、こっちだよ。ついて来て」

行き先はちょっと遠い。森の奥に行くにつれ、ホーンラビットやワイルドチキン、それを狙ったゴブリンなどが出てきたから、魔法で狩ってアイテムボックスに収納し、索敵しながら移動する。

Ｅランクの狩り場との境界に当たる谷間に着くと、切り立った崖の前で、突然矢印が上を向いた。

見上げると崖の中腹に、二本の樹が並んで生えている。

視覚を強化してよく見れば、葉と同じ色の果実がたわわに実っていた。

食材鑑定スキルによると、まだ青いのではなく、すでに熟しているようだ。

この樹は『アムリ』。年老いた者がその実を食べると一日一歳若返り、その分寿命が延びるから、古来より権力者に大人気だった。

収穫後は一週間と経たないうちに腐ってしまうので、ほとんどが若返りポーションに加工されていたらしい。レシピは現存しているけれど『おそらく再現できないポーション』と言われている。

というのも、アムリは魔力が多い場所でしか育たない上、百年に一度しか咲かない花は、沙羅《さら》双樹《そうじゅ》の如く、朝開いて夕方には散る一日花。自家受粉できない植物だから、風で花粉が拡散される距離に二本以上生えていないと結実しない。

奇跡的に実が生っていても、葉と同じ色だから見つけにくく、収穫できる期間は十日程度。だから滅多に出回らない幻の果実ってワケ。

これは間違いなく、お金持ちが金貨を積んでくれちゃう代物だよ！

「絶対採取したいけど、これを普通に採るのはムリだなぁ……」

二本の樹は、人が昇るのも降りていくのも無理そうな場所に深く根を張り、崖崩れしないように支えているようだ。

「なるほど。今年結実した枝に次回の実はつかないから、剪定がてら実が生っている枝ごと切っても構わないのか。だったらやりようはあるな」

俺は魔法でさらに視力を強化し、目標を指さして狙いを定め、魔法を発動する。

「《風の刃《ウインドカッター》》」

見事命中し、たくさん実をつけた枝が切り落とされて落下していく。

それが地面に落ちる前に、すかさずアイテムボックスに収納した。

「「「きえた！」」」

一緒に上を見上げていた子供たちが、ぽかーんとお口を開けている。

「ちゃんとあるよ。ほら」

俺はアムリの枝を取り出し、子供たちに見せた。

「これは『アムリ』っていう、すごーく珍しい果物だよ。美味しいらしいから、ちょっと味見してみようか」

桃くらいの大きさのアムリの実を、傷つけないよう丁寧に枝からもぎ取り、水魔法で洗って、一人一個ずつ手渡す。

最後に俺の分を取り出して洗い、子供たちに言う。

「皮ごと食べられるんだって。食べてみよう」

「「うんっ！　いただきまーす！」」

齧りつくと、ぷつりと皮が破れ、柔らかい果肉からじゅわっと果汁が滴り落ちる。

「「「おいしい！」」」

うん。これはすごく美味しいよ。桃とバナナと柑橘《かんきつ》のミックスジュースに似た味だ。

若返り効果は『老いた者』に限定されるようで、幼児が食べても変化はない。

俺はお肌の曲がり角を過ぎてるから、微妙に肌触りが変わった気がしなくもないな。

なんとなく体が軽くなった気もするし。細胞を活性化する効果はあるんだろう。

「俺たちが食べる分も確保したいから、たくさん収穫するぞ！」

「おーっ！」

シヴァは意気揚々と拳を振り上げ、崖を登ろうとし始めた。

「まけにゃいにゃんよ！」

キャティも張り合い、ラビが二人を交互に見比べオロオロしている。

「シヴァ！　キャティ！　危ないから、崖に登っちゃダメだよ」

制止すると、シヴァが不満げに唇を尖らせて言う。

「だっておれも、あのくだもの、とりたいもん」

「キャティもアレ、ほしいにゃんよ！」

「俺が採って分けてあげるから、今回は我慢して。こんなところに登って落ちたら、怪我だけじゃ済まないよ」

ご飯に使った霊峰富士の女神水は『即死耐性』効果があるけど、アンデッドからの攻撃以外は『無効』じゃないんだ。もし不幸な事故が起きたらどうするの？

思いを込めた眼差してじっと見つめて言い聞かせると、二人とも渋々諦めてくれた。

俺は再び魔法でアムリを収穫する。

「《風の刃《ウインドカッター》》〈収納〉《風の刃《ウインドカッター》》〈収納〉」

風魔法と収納を繰り返していると、それを見ていたキャティが真似し始めた。

「ウインドカッター！　ウインドカッター！」

（魔法は使えないのに、必死で上に手を伸ばしちゃって……可愛いなぁー）

なんて思っていたら、目の前を突風が吹き抜けていく。

（えっ!?　今の、自然に起きた風かな？）

獣人族は身体強化魔法は使えるけど、放出系の魔法は使えないと聞いている。魔法のはずはないんだけど——。

「《ウインドカッター！》」

叫ぶようなキャティの大声に合わせて、再び突風が吹いた。

（やっぱりこれ、キャティが起こした風だ！　魔法が発動しやすくなる付与つきの異世界

料理を食べているから、本気で練習すれば、魔法が使えるようになるのかも）

何度か続けているうちに、風が上手い具合に枝先に当たり、実がついた小枝を落とす。

「やったにゃん！」

俺はそれを驚愕の眼差しで見ていた。

思考停止している間に、実がついた小枝はドサッと地面に落ちてしまう。

「にゃあぁぁぁぁぁーっ！」

無残に潰れた果実を見て、キャティが泣き叫ぶ。

「うわっ！　ゴメン、キャティ。ビックリして、アイテムボックスに収納するのが間に合わなかったんだ。一回成功したんだから、次もきっと成功するよ。今度は落ちる前に、必ず収納するからね。泣かないでぇ～」

勝気《かちき》なキャティは、ちっちゃい手で涙を拭って顔を上げた。

「もういっかい、がんばるにゃん！」

「おれもやる！」

「ぼくも！」

「じゃあ、実がどこにあるかよく見えるように、身体強化で目に魔力を集めてごらん」

「「「うんっ！」」」

「枝の先のほうに実がついてるから、少し上の、実がついてないところを指さして。そこへ魔法を飛ばすつもりで、声と一緒に魔力を吐き出すように、「ウインドカッター」って言ってごらん」

子供たちは少し離れたところに陣取り、利き手を上へ伸ばし、狙いを定めて叫ぶ。

「「「ウインドカッター！」」」

けれど、そよ、とも風は吹かない。

何度かそれを繰り返したが、やはり魔法は発動しなかった。

やっぱりあれはマグレだったのかな？

そう思ったとき。

「《ウインドカッター！》」

ラビの魔法が発動し、風のカッターが結実した枝を切り落とす。

もちろん俺も、今度は失敗せずに収納したよ。

「おめでとう、ラビ。これはラビが切り落としたアムリの枝だよ」

結実した枝を出して手渡すと、はにかむような微笑みが返ってきた。

「ありがと、おにいちゃん。ぼく、もっとがんばるね」

「キャティも、まけにゃいにゃんよ！」

キャティの魔法は発動するけど突風で、コントロールも悪いんだ。

でも、根気よく繰り返しているうち、何回かに一回は枝を揺らすようになり、ようやく結実した枝を落とせた。

今度こそ、キャティの戦利品を回収したよ。

「はい。キャティ。これはキャティが頑張った証だよ」

そう言って、キャティが落とした枝を渡すと、パアッと輝くような笑みが浮かんだ。

「キャティ、いっぱいがんばったにゃん！　にゃかじゅにがんばったにゃんよ！」

「うん。えらかったね」

俺のほうが泣きそうだよ。

「おれだって、がんばってる！　つぎこそ、ぜったいおとす！」

シヴァの瞳から、メラメラと闘志が燃え上がっている。

「《ウインドーカッターッ!!》」

一際力を込めて大きく叫んだそのとき、バシュッと音を立てて風が飛んでいく。

シヴァを見ていた俺は、今アムリの樹に何が起きているのか判らなかったが、シヴァの様子からして、なんとも嫌な予感がする。

恐る恐る振り返ると――。

「うわぁぁーっ！　アムリの幹がぁぁーッ！」

二本の幹の木肌を削ぐように、パックリと大きな切り傷が入っていた。

「君たち、ちゃんと魔法をコントロールできるようになるまで、アムリの収穫に参加しちゃダメッ！」

さすがに反省したようで、シヴァは項垂《うなだ》れてテンション低く「はーい」と答える。

「シバのせいで、にゃんでキャティまで……」

「しょうがないよ。キャティだって、なんかいも、ちがうところにあたってた。シヴァといっしょに、むこうでマホウのれんしゅうしよう」

ブーたれるキャティをラビが宥め、戦利品の枝を俺に預け、三人一緒に、少し離れた場所に生えている樹を目標にして魔法の練習を始めた。

その間に、俺は周囲を警戒しながらアムリの実を収穫する。

ここにアムリの樹があることを人に教えるつもりはない。

だから、アムリの樹が増えることを願って、少しだけ実を残し、大半を刈り取った。

「「「おにーちゃん。おなかすいたー」」」

「ああ、そういえばもうおやつ時だね」

俺はテーブルを出し、お菓子と冷たい牛乳を並べ、全員の手に浄化魔法をかけて言う。

「今日のおやつは焼きたてのフィナンシェ。金の延べ棒に似た形で、『金持ち』っていう意味の名前がついたお菓子だよ。マドレーヌと似た焼き菓子だけど、マドレーヌは溶かしたバター、フィナンシェは焦がしたバターとアーモンドの粉を使っているんだ。食べてみて」

子供たちは早速フィナンシェを取って口に運ぶ。

「うわんっ！　おいしい！　なんかじゅわっとするよ！」

「そとはカリッとしてるにゃん」

「サクサク♪」

フィナンシェは時間が経つとしっとりするけど、アーモンドプードルを使っているから、焼きたては表面がサクサクした食感で、カリッと香ばしく、中からジュワッと焦がしバターがしみだしてくる。冷める前と後では、かなり印象の違うお菓子なんだ。

「さて。食べ終ったら移動するけど、その前に、アムリの樹を回復しないとね」

オレリアさんの娘さんのバラも、植物の女神《イカッカラカムイ》の守護がついた【後方羊蹄山《しりべしやま》の神の水《カムイワツカ》】と、若返りや延命長寿効果がある【弁天池の延命水】をブレンドした水で復活したんだ。傷ついたアムリの樹も回復してくれるはず。

俺は容器代わりの結界の中でブレンド水を作って、アムリの樹の真上から、ブレンド水の霧雨を降らせる。

すると、みるみるうちに木肌の傷が消えていった。

結実した枝を刈り取った場所からは新芽が出て、枝が伸び、蕾が花開いていく。

「ええーっ！　アムリの花は、百年に一度しか咲かないんじゃなかったの!?」

二本の樹には、虹色に光る花芯を持つ、白い原種のバラに似た花がたくさん咲いている。

花が満開になったとき、不意に一陣の風が谷間を吹き抜け、虹色の花粉が空へと舞い上がった。

「「「うわぁー！」」」

幻想的な光景に、子供たちは喜んでるけど、俺はすごーく不安だよ。

(まさかこれが原因で、もう一度結実する——なんてことはないよね？)

普通の実が生るならいいけど、ブレンド水の影響が出たらどうしよう。

(明日も様子を見に来なきゃ)

子供たちが魔法の練習をした場所の樹にも、ブレンド水をかけてあげるつもりだったけど——迂闊なことはできないと思った。

せめて切り落とした枝は、薪として使わせてもらおう。

「やることは終わったし。そろそろ採取しながら引き返して、村に近いところで景色のいい場所を探して、お弁当を食べようか」

「「うんっ！」」

食材探索スキルを発動すると、エディブルフラワーの群生地を示す矢印が、村の方向を示している。

「あっちに食べられるお花がいっぱい咲いてるところがあるから、行ってみよう」

三十分ほど森を歩くと、目的地の花畑に着いた。

「ぅわん！　おはなのいいにおい～！」

「きれいにゃん！」

「これ、ぜんぶ、たべられるおはな？」

「そうだよ。この、赤やピンク・オレンジ・黄色・白の、花びらがいっぱいあるお花はレリア。サラダにしても、天ぷらにしても美味しいんだ。こっちの、赤・白・ピンクの小花はディアン。ほんのり甘い味がするよ」

「ほんとだ！　あまーい！」

早速つまみ食いしたシヴァに続いて、キャティとラビもディアンを摘んで口にする。

「ほんとにあまいにゃん」

「まえにたべた、あまいおはなみたい……」

「うん。ナデシコ《ダイアンサス》と親戚みたいな花だよ。こっちの赤・ピンク・黄色・白の蝶々みたいな花はアシドア。瑞々しくて酸味があるサラダ向きの花なんだ。こっちの赤・黄色・オレンジの花が咲く蔓草はピリニウム。ピリッとからいから、サラダや肉料理の付け合わせにするんだよ。これは花も蕾も葉も茎も食べられるから、茎ごと採取してね」

採取方法をレクチャーし、採り過ぎない程度に採取して、テーブルセットを広げる場所を作っていく。

「そろそろいいかな。お弁当にしよう」

「「「わぁい！」」」

俺はアイテムボックスから取り出したテーブルの上に重箱を並べた。

「今日はオープン稲荷《いなり》寿司弁当だよ。これは『イクラとキュウリと金糸玉子』。これは『アナゴの蒲焼きと、大葉と金糸玉子』。こっちは『牛肉のしぐれ煮と金糸玉子』」

しぐれ煮を載せた稲荷寿司には、彩りに紅生姜と刻み葱も載せている。

「付け合わせの汁物は、蛤と三つ葉のお吸い物だよ」

昆布出汁ですっきり仕上げた『はますい』は、良縁を結ぶ縁起物。

上手い具合にオスとメスの蛤が入ってるから、夫婦和合で運倍加効果もあるんだ。

「おかずは、鶏とカボチャの照り焼き。鯖の竜田揚げ。こんにゃくと人参のきんぴら。いんげんとしめじの白和えだよ」

白和えはマヨネーズも加えて、サラダ風にしてみた。

「「「いただきまーす！」」」

子供たちは真っ先に、自分の好物が載っている稲荷寿司に手を伸ばす。

「うわんっ！　おにくのいなりずし、すっごくおいしー！」

「アニャゴのいなりじゅしも、おいしいにゃんよ！」

「イクラ、プチプチ♪」

「あおーん！　こっちの、トリのてりやきもおいしー！」

「シャバもおいしーにゃん！」

「カボチャ、あまーい♪　でも、ちょっぴりからくておいしー！」

「うわんっ！　キンピラにはいってるコンニャク、プリプリ！」

シヴァはこんにゃくの食感が好きみたいだね。弾力があって、噛み応えがあるから？

「ぼく、しらあえもすき♪」

「しるにはいってる、カイもおいしいにゃんよ」

みんな大喜びで食べてくれて、嬉しいなぁ……。

「デザートは、蜂蜜レモンゼリーだよ」

すっきりさわやかな蜂蜜レモンゼリーは、疲労回復効果が高いし。魔法との相性がよく、超回復効果もある【後方羊蹄山《しりべしやま》の神の水《カムイワッカ》】を使っているから、魔法をたくさん使ったあとの体に染み渡って、リフレッシュできる。

子供たちも「「「おいしー！」」」って、笑顔全開で喜んでたよ。


花畑でお昼寝して、村へ戻った俺たちは、まず冒険者ギルドへ向かった。

ギルドに着くと買取窓口に直行し、受付嬢のパメラさんに言う。

「アムリの実を採取して来たんですが、買い取り可能ですか?」

「えっ!? とりあえず、こちらへどうぞ」

パメラさんは驚愕の声を漏らし、すぐに個室へ案内してくれた。

しばらくそこで待っていると、前にも担当してくれた、高度な鑑定スキルを持つ査定専門スタッフが現れ、喜色満面の笑みで言う。

「ニーノ様。いつもお世話になっております。今回は、アムリの実を採取されたと聞いて参りました。早速拝見できますか?」

「はい。これです」

とりあえず一つ取り出してテーブルに置くと、目を凝らして鑑定したスタッフが、歓喜の叫びをあげる。

「おおおおぉーっ! 本当にアムリの実だ! あの幻の果実を、まさかこの目で拝めるなんて! 採取されたのは、これ一つだけですか?」

「いいえ。結構たくさんあります」

アムリの樹一本あたり三百個近く採取できたから、六百個近くあるかな。

「いかほどお売りいただけますか?」

「そうですね。これ、一個いくらになりますか?」

「アムリの実は、男女問わず、金満家が喉から手が出るほど欲しがる若返りの果実。そのまま食べることも、ポーションに加工することもできますから、市場に出れば、高額でも確実に売れるでしょう。大きさにもよりますが、このサイズですと……一個金貨五十枚でいかがでしょうか？」

買取価格が、一個金貨五十枚だって！　日本円に換算すると、五百万円くらいかな？

さすが幻の果実。若返りポーションの原料だよ。

「何個買い取ってもらえます？」

「少し支払いを待っていただけるなら、いくつでも買い取ります」

「じゃあ、とりあえず五十個、お願いできますか？」

「ありがとうございます！　大金貨五十枚は本日。残り二百枚は今月末締めで、来月十日にお振込みいたします」

アムリの実五十個で、大金貨二百五十枚。

日本円に換算すると、だいたい二億五千万円くらいかな？

俺、ついに億万長者だよ。

あのお屋敷、買ってもいいんじゃない？

俺たちは、アムリの実や魔物素材の売却手続きと、ゴブリンの討伐手続きを終え、商人ギルドへ移動した。

本当は賃貸契約をする予定だったけど、すっかり気が大きくなった俺は、調子に乗って言っちゃったんだ。

「やっぱりあのお屋敷、買います」

マルセルさんは唖然とし、ようやく言葉を絞り出す。

「……ほ、本当に、ご購入いただけるんですか？」

「はい。俺は採取専門の冒険者として、結構稼いでるんです。まとまったお金が入ってくるのは来月十日なので、お金が入り次第、一括払いで購入します。それまでは賃貸ってことで、よろしくお願いします」

一生モノの買い物を勢いで決めたけど、後悔はしてないよ。まるで俺に『買え』って言ってるみたいな流れだから。

（俺は異世界料理の運アップ効果を信じる！）

大金貨百枚を一括払いと聞いて、再び絶句したマルセルさんが、ふと思い出したように呟く。

「……そういえば、先日『トネリエッダの珪花木が、冒険者ギルドのオークションに出品される』と告知がありましたが……もしやあれはニーノさんが？」

「はい。冒険者ギルドに売りました。今日も超絶レアなお宝を売ってきたので、近々告知があると思います。俺が採取したことは内緒ですよ」

それを聞いて、マルセルさんはようやく『買い手がつかず困っていた屋敷が売れる』と実感したようだ。次第に満面の笑みが広がっていく。

とりあえず今日のところは賃貸契約を結び、売約済みの物件として処理してもらった。

「ありがとうございます。本日付で賃貸契約が成立しました。こちらがお屋敷にある魔道具の取り扱い説明書です。現在、魔石が抜かれているので、魔道具は使えません。必要な魔石の種類とサイズは、こちらに記載されています。商業ギルドで、魔石の販売やレンタル魔石の取り扱いをしていますが、ニーノさんは冒険者ですし、魔石はご自身で魔物を狩るか、冒険者ギルドに依頼されたほうが安くつくと思います。いかがなさいますか？」

「大抵のことは、魔法や手持ちの道具でなんとかなるので、魔石の取り付けは急ぎません。後日、冒険者ギルドに依頼します」

「かしこまりました。来月十日に、お待ちしております」

商人ギルドを出て、俺は子供たちを連れてボナール商会に足を運んだ。

「こんにちは。先日洗濯物干しスタンドを注文したニーノです」

近くにいた店員にそう告げると、すぐにオレリアさんを呼んできてくれた。

「いらっしゃいませ、ニーノさん。昼過ぎに『いくつか試作品が完成した』と報告があったので、確認次第、宿へご連絡しようと思っていましたのよ」

「ありがとうございます。今日伺ったのは、その件じゃないんです。実は宿から借家へ引っ越すことになりまして。まだ家具が何もないので、四人分のベッドだけでも、大急ぎで用意したいんです。予算はたっぷりあるので、寝心地のいいお勧めのベッドを見せてください」

「かしこまりました。今売り出し中の新商品の店頭見本がございますので、こちらへどうぞ」

案内された三階の寝具売り場には、数種類のベッドが並んでいた。

「キャティ、これがいいにゃん！」

キャティが目をハートにして指差したのは、ヘッドボードと、同じくらい高さがあるフットボードにバラ模様の彫刻が入った、ピンク色のロココ調お姫様ベッド。敷き布も上掛けも、枕カバーも淡いピンク色で、フリルたっぷりだ。

「キャティはブレないね。ベッドは寝心地が命だから、見た目だけで決めちゃダメだよ」

「どうぞ、寝心地をお試しください」

オレリアさんに促され、ベッドに上がろうとしたキャティを慌てて止めた。

「ちょっと待って。《浄化消毒《クリーン》》はい。いいよ」

森でお昼寝してきたから、そのままベッドに上がるわけにはいかないからね。ついでに、男の子たちと自分にも浄化魔法をかけておく。

「にゃあーん！　とってもきもちいいにゃんよ！」

キャティがとろけるような声を上げた。どうやら寝心地も最高らしい。

「おれ、これがいい！」

シヴァが断りもせずに寝転んだのは、曲線を描くヘッドボードとフレームが一体型で、白い革張りのソファみたいなヘッドボードに凭《もた》れてくつろげるベッドだ。

「こちらが今売り出し中の新商品ですわ。見本はダブルベッドですが、シングルベッドもございます」

「ぼくも、これがいいの。ねてみていい？」

ラビはお行儀よくお伺いを立ててから、シヴァの隣に横になった。

「ぼく、こんなきもちいいベッド、ねたことない……」

「シングルベッドは、ホワイトとブラック、ピンクベージュが売り切れで受注生産になりますが、春夏向けに制作したライトイエロー、ライトブルー、ライトグリーン、ラベンダーグレーなら、すぐに納品できますわ。こちらが革見本です」

春夏向けレザーは、どれもパステルカラーのやわらかくて明るい色だ。

「いいんじゃない？　シヴァがライトグリーン、ラビがライトブルーにして、寝具もグリーン系とブルー系で揃える？」

「「うんっ！」」

「でしたらこちらはいかがでしょう。夏向けの涼感素材ですが、適温付与で、気温が下がると温かく感じます。グリーン系とブルー系がございますよ」

オレリアさんが勧めてくれた寝具は、鮮やかなグリーンとイエローグリーン、ウルトラマリンブルーとターコイズブルーが混ざり合うような色合いに、バナナヤシっぽいリーフ柄が白く染め抜かれているものだ。夏らしくていいね。

「じゃあ、男の子たちはそれでお願いします。俺もお揃いにしようかな。並べて置くから、同じデザインのほうが統一感があって、きれいにまとまるし」

「でしたら、寝具の色違いもございますよ」

イエローとオレンジ、ピンクとレッド、パープルとバイオレットの寝具があったので、ラベンダーグレーのレザーベッドに、パープル系の寝具を合わせることにした。

「マットレスは、好みに合わせて硬さを選べますの。いろいろお試しくださいませ」

低反発から高反発までいろいろあるので、俺も子供たちも一通り試して、理想の硬さのマットレスに巡り会えた。さすがこだわりのベッド。寝心地最高だよ！

「今日、使える状態のベッドを買って、アイテムボックスで持ち帰りたいんですが……」

「本日ご用意できますが、ベッドの在庫を置いているのは、村外れの職人街の北にある倉庫なんです」

職人街っていうのは、昨日見せてもらった二軒目の家がある辺りだ。

「購入した家の近くなので、受け取りに行きます！」

「では、わたくしがご案内いたしますわ。倉庫へ早馬を向かわせて、わたくしたちは、当商会の馬車で現地へ参りましょう」

「ありがとうございます。お会計は、いくらになりますか？」

「配送料がかからないので、ブランディーヌの彫刻入りベッドが、寝具一式セットで金貨四枚と小金貨五枚。コルベットの高級レザーベッドが、一式セットで金貨三枚と小金貨五枚。合わせて金貨十五枚になります。組み立て費用はサービスいたしますわ」

「現地へ向かう前にチェックアウトしたいので、猫の尻尾亭に寄ってもらえますか？」

「かしこまりました」

ボナール商会の馬車に乗った俺たちは、猫の尻尾亭に立ち寄り、明日以降の宿泊予約をキャンセルし、チェックアウトしてから倉庫へ向かった。

ベッドやソファ、執務机や収納家具など、大型商品を扱う商会だから、敷地内に複数の大きな倉庫が立ち並んでいる。

「こちらがベッドと寝具の倉庫ですわ」

倉庫内では、従業員が品出しをしていた。

「ご苦労様。ベッド四台の納品準備はできていて？」

オレリアさんが声をかけると、代表者らしき従業員が困惑した様子で言う。

「今、コルベットの春夏モデルを三台出したところです。これ、本当に配送しなくていいんですか？　結構大きくて重量ありますよ」

従業員の問いには俺が答える。

「問題ありません。すぐ使える状態で、アイテムボックスに入れて持ち帰りたいんです」

「構いませんが、一度に全部運べます？」

「もちろん大丈夫です」

従業員が梱包を解き、脚を取り付け、マットレスをセットしてくれた。

俺は用意できた順に、ベッドをアイテムボックスに収納していく。

あとから運んでくれた彫刻入りベッドも、ヘッドボードとフットボード、マットレスを取り付けた状態で収納すると、オレリアさんと従業員たちが驚いた顔で俺を見ていた。

「本当に、ベッド四台を収納できるのか……」

「こりゃたまげた。このお客さんがうちの配送部にいたら、破損の心配なく、どこへでも商品が運べるよ」

「大奥様、スカウトしなくていいんですかい？」

「スカウトしたいけれど、ニーノさんは冒険者ですのよ」

従業員に苦笑で答えたオレリアさんが、戸惑いがちに俺に尋ねる。

「配送が難しい場所へのご注文を頂いたときは、ニーノさんを指名依頼してもよろしいかしら？」

「ええ。そのときは、ギルドを通してご依頼ください。子供たちとのパーティーで受けられる仕事であれば、お引き受けします」


ボナール商会の商品倉庫からお屋敷――もとい俺たちの家までは、オレリアさんが馬車で送ってくれた。

「まあ！　ここは……エルネスト様が建てられたお屋敷……」

「ご存じなんですか？」

「当商会で、家具やインテリアを納品させていただきました。そのご縁で、エルネスト様のレストランに、何度も家族で伺ったことがございます。懐かしいですわねぇ……」

追憶に浸りながら、オレリアさんは別れを告げて帰っていく。

「「おにーちゃん。おなかすいた……」」

「そうだね。じゃあ、まずはお庭でおやつを食べようか」

俺は昨日と同じ場所にテーブルセットを用意して、おやつの準備をした。

「今日はレアチーズケーキだよ」

飲み物は、俺はアッサムティーで、子供たちはノンカフェインのルイボスティーだ。これなら色はほぼ同じだから、違うものだと判りにくいからね。

「前に食べたスフレチーズケーキは、卵を使って焼いたもの。これはクッキーみたいにサクサクした生地の上に、クリームチーズと生クリーム、ヨーグルト、サワークリーム、砂糖、レモン汁、ゼリーの素を加えて混ぜたものを入れて、冷やして固めたお菓子だよ。卵が入ってないから真っ白なんだ」

俺的には、フルーツを混ぜたり載せたりしたかったが、あまり時間がなかったので、今日はプレーンにした。

「「いただきます」」

尻尾を嬉しげに揺らしながら、ケーキを食べた子供たちが言う。

「うわんっ！　ひやしてかためたチーズケーキもおいしい！」

「やいたのは、ふわっとしておいしかったけど、これはひやっとして、あまくて、すっぱくておいしいね♪」

「キャティも、どっちもしゅきにゃんよ！」

俺も、チーズケーキはスフレでも、ベイクドでも、レアでも美味しいと思うよ。


おやつを終えた俺たちは、まず屋敷のマスターベッドルームへ行って、魔法で掃除した。

「じゃあ、ベッドの配置を決めます」

日本では『北枕は縁起が悪い』っていうけど、海外ではそんな習慣ないだろうし。風水では金運・健康運・恋愛運がアップするから、書斎側の壁に向かって北枕で寝るよ。

「キャティのベッドは、高さがあるフットボードが付いているから、東側の壁際ね。通路が必要だから、間にテーブルランプを置くためのステップチェアを置いて、俺と男の子たちのベッドを並べて置く予定だよ」

「キャティのとなりは、おにいちゃんにゃんよ！」

「おれも、おにいちゃんのとなりがいい！」

「ぼくも！」

「話し合いじゃ決まりそうにないから、くじ引きにしよう」

俺はバインダーノートを取り出して、四色ボールペンの黒で縦線を書き、その下に『窓側』『真ん中』『キャティの隣』と書いたあみだくじを作った。

「じゃあ、シヴァとラビ。好きなところを選んで。恨みっこなしにしたいから、あとでキャティを含めた全員で、横線を書き足して決めるよ」

「おれここ」

「ぼく、ここ」

「じゃあ、俺がここにする」

緊張した表情で子供たちが横線を書き足し、最後に俺が書き加えた。

「じゃあ、シヴァから行くよ」

緑のボールペンであみだくじを辿っていくと。

「シヴァは真ん中」

「やったぁ！　ぜったいおにいちゃんがとなりだ！」

「うん。ラビと俺が、キャティの隣か、窓側のどっちかだね」

ガックリと肩を落としたラビの後ろで、キャティが必死に念を送っている。

「ラビはまどがわにゃん！　ラビはまどがわにゃん！」

今から念を送っても、結果はすでに決まってるんだけどね。

俺は青いボールペンに切り替えて、ラビの結果を辿った。

「ラビはキャティの隣。俺が窓側だね」

「んにゃーっ!!」

ムンクの『叫び』みたいなポーズで絶叫したキャティは涙目だ。そんなに俺の隣がよかったの？

可哀想だけど、厳正なあみだくじで決まったことだからね。

俺はくじで決まった順番にベッドを並べ、ついでに浄化魔法をかけ、間にテーブルランプを置くためのステップチェアを置いていく。

「魔石がなくて照明が使えない状態だから、反対側の壁際にも、ステップチェアとテーブルランプを置くか」

寝具も整えて、どうにか寝室だけは使えるようになった。

「明るいうちに終わってよかったよ。急いで晩御飯の支度をするからね！」

「「うんっ！」」

俺は南の壁側に亜空間厨房のドアを開き、子供たちを連れて移動する。

引っ越し祝いにパーティーメニューでも用意したいところだけど、すでに夕飯時だから、あまり時間をかけられない。

下拵え済み食材で手早くスープ、サラダ、デザートを作り、メイン料理を盛り付けた。

それらを一人分ずつ、デザート以外をプレースマットの上に並べていく。

夕飯にしては品数が少なめだけど、ボリュームはあるよ。

「今日の晩ご飯は、ＮＩＮＯ特製ハヤシライスと、白菜とベーコンのコンソメスープ、ブロッコリーとレタスとツナのサラダだよ」

ハヤシライスは親父直伝の、幼い頃から何度も食べた『うちの店の味』だ。

幼い頃は、スパイシーなカレーライスより、ハヤシライスのほうが好きだったな。

みんなも気に入ってくれるだろうか。

「「「いただきます」」」

真っ先にハヤシライスを口にしたシヴァが、尻尾をブンブン振り回しながら言う。

「カレーライスとにてるけど、カレーとぜんぜんちがうあじ！　ウシのおにくがはいってて、すごくおいしい！」

確かに、大森林を移動中、『銀狼の牙』のメンバーに振舞ったカレーライスと、見た目はちょっと似てるよね。

「カレーもおいしいけど、キャティはハヤシライシュのほうがしゅきにゃん！」

「ぼく、どっちもすき♪」

以前子供たちが食べた、鯛焼きに入れたドライキーマカレーは、幼児向けに作った甘口だけど、いつか本格的なＮＩＮＯのカレーをみんなに食べてほしいな。

早く大人になってほしいけど、ずっと可愛い子供のままでいてほしい。そんな矛盾した気持ちが俺の中で鬩《せめ》ぎ合ってる。

「食後のデザートは、今日採ってきたアムリのシャーベットだよ」

凍らせても絶対美味しいと思ってたけど、予想通りの仕上がりだ。

「「「おいしい！」」」

子供たちも大喜びで食べてくれたよ。

屋敷はまだ照明が点かないから、今日はいつも通り、亜空間厨房で風呂に入って、ベッドルームに移動した。

「うわんっ！　きょうから、おれのベッドでねるんだ！」

「ぼくのベッド♪」

「キャティ、おひめしゃまみたいにゃん！」

新しいベッドにウキウキの子供たちは、嬉しそうにはしゃいでいる。

でも、横になった途端、あっという間に夢の国へ誘われていく。

（さすがこだわりのベッド。寝心地最高だもんね）

俺は子供たちが寝たのを確認して、明日の弁当を作るため、亜空間厨房へ戻った。

◇◆◇

こだわりのベッドで眠った翌朝、俺はいつものように、スマホのバイブで目を覚ました。

起きたときのスッキリ感が、いつもと全然違うよ。体に合ったベッドのお陰かな？

それとも、昨日食べたアムリの実で若返ったのかな？

《ステータス》

気になったのでステータスを確認してみると――。

（な、なにこれぇーッ!?）

一瞬声を上げそうになって、慌てて口を押さえた。

年齢やステータスの数値は、異世界料理を作ると増える技術力以外、変化はない。

基本ステータスの成長を促進する召喚水を使った料理を食べていても、レベル46だと、Fランクの魔獣やゴブリンを狩ったところで、ステータスは上がらないんだ。

変化があったのは、スキルに関する項目だけ。

【神の恩寵《おんちょう》】言語翻訳　アイテムボックス　調理補助
【スキル】料理　食材・料理鑑定　食材探索　食材栽培

恐る恐る『食材栽培』をタップしてみると――。


【食材栽培】

異世界の水で、異世界料理に使える美味しい食材を栽培できる。

異世界の水を植物にかけると活力を与え、季節を無視して急速に成長促進できる。

特別な薬効がある食材や薬草は、栄養も魔力も豊富で、効果が通常の二倍になる。


こんなスキルが増えてるってことは、確実に変異したアムリの実が生るってことだ。

いや――水をかけてすぐに芽吹き、枝葉が伸びて花が咲いたんだ。一日花だから、夕方には花が散って、すでに実が生っているかもしれない。

(変異しちゃったアムリの実は、絶対に俺が採取しないと！)

俺はできるだけ早く森へ行くため、慌てて朝食支度を始めた。

エピローグ

ヘルディア王国に召喚された四人の高校生たちは、今日も盛大に溜息をつく。

「はぁ……。もう十日以上、まともな食事してないよ。マズすぎて食欲失せる……」

勇者の赤井《あかい》勇人《はやと》が愚痴をこぼせば、聖盾騎士の黒田《くろだ》一騎《かずき》が「まったくだ」と同意する。

「もういやぁーっ！　家に帰って、お母さんのご飯が食べたぁ～い！」

聖女の桃園《ももぞの》愛里《あいり》が癇癪《かんしゃく》を起こして叫び、賢者の青木《あおき》賢士《けんじ》が皆を励ますように言う。

「料理屋見習いが城を出て行ったとき、この世界の常識を教えた文官が、必ず職人ギルドか商人ギルドに登録するよう勧めたそうだ。身分証になるギルドカードがなければ、王都で働くことも、家を買うことも借りることもできないらしい。ギルドに問い合わせれば、居場所はすぐに判るって言ってたよ。もう少しの辛抱《しんぼう》だ」

しかし、赤井勇人は悲観的に言葉を返す。

「賢士は『料理屋見習いは店を継ぐ予定の料理人だったんじゃないか？』って言うけど、技術力ゼロのステータスが、戦闘能力じゃなくて、料理の腕前だったらどうする？」

「いやーっ！　そんなこと考えたくない！　希望くらい持たせてよ！」

「俺も愛里に同意。『たまたま巻き込まれて料理人が召喚された』っていうより、『メシマズ世界から俺らを救うために、料理人が召喚された』っていうほうが納得できるしな」

「一騎の言う通りだ。『異世界の知識で料理改革する』っていうのはテンプレだし――」

青木賢士の言葉の途中で、突然ドアがノックされ、世話係の従僕《じゅうぼく》が部屋へ入ってきた。

「失礼します。先日、城へ呼び戻すよう頼まれていた料理人の件ですが――」

「「居場所が判ったのか⁉」」

「いつ城へ戻ってくるの⁉」

食い気味に詰め寄る四人に、世話係は困った顔で答える。

「いえ……該当する料理人は、職人ギルドにも、商人ギルドにも登録されていないそうです。どこへ行ったのか、まったく足取りがつかめません」

「「「そんなぁ……！　唯一の希望が……！」」」

勇者たちの悲痛な叫びが室内に響いた。

果たして、城を出た料理人を探し出すことはできるのだろうか？

おわり

コスミック文庫α

異世界料理《いせかいりょうり》で子育《こそだ》てしながらレベルアップ！
～ケモミミ幼児とのんびり冒険します～ 2

2023年3月1日　初版発行

【著者】　桑原伶依《くわはられい》
【発行人】　相澤　晃
【発行】　株式会社コスミック出版
〒154-0002　東京都世田谷区下馬 6-15-4
【お問い合わせ】 ―営業部― TEL 03(5432)7084　FAX 03(5432)7088
―編集部― TEL 03(5432)7086　FAX 03(5432)7090
【ホームページ】 http://www.cosmicpub.com/
【振替口座】 00110-8-611382
【印刷／製本】 中央精版印刷株式会社

ISBN978-4-7747-6456-6 C0193